L'ignoranza è meno lontana
dalla verità del pregiudizio

Denis Diderot, *La lettera sui sordomuti*, 1751

Non esistono le razze, il cervello degli uomini è lo stesso.
Esistono i razzisti.
Bisogna vincerli con le armi della sapienza

Rita Levi-Montalcini, 2008

Casa Editrice Mammeonline
Mammeonline Comunicazione snc, Foggia
www.casaeditricemammeonline.it
editricemol@gmail.com

Prima edizione: settembre 2013
Prima ristampa: gennaio 2014
Seconda ristampa: febbraio 2015

Progetto grafico e illustrazione di copertina
di Antonio Boffa
www.antonioboffa.com

Stampa: Grafiche Turato, Rubano (PD)

ISBN: 978-88-89684-65-8

ANNAMARIA PICCIONE

È ARRIVATO L'AMBASCIATORE

Casa Editrice Mammeonline

Indice

1. Corri, Ayub, corri!

– Fa' presto, salta e non voltarti!

La mano di zio Osman lo tirò così forte che il braccio sembrò staccarsi. Nel saltare sotto Ayub strinse gli occhi. Una precauzione inutile, il buio gli impedì di vedere quanto fosse alto.

Lo fu abbastanza da sentire i talloni arrivargli alle orecchie quando toccò terra. Durò un attimo, poi si mise a correre. Non c'era tempo per il dolore, ogni secondo era prezioso.

Furono gli ultimi a passare dal varco tagliato da Rashid con le cesoie nascoste da settimane nella branda di Ayub. Come zio Osman le avesse procurate, era un mistero: una sera le aveva consegnate ad Ayub, raccomandandogli di nasconderle bene.

– Tu sei piccolo, ti controllano di meno.

Le cesoie dovevano essere costate quasi tutti i risparmi, ma senza non ci sarebbe stata fuga. Due le grate da tagliare: la prima, che circondava le palazzine; poi la più difficile, sopra il muro e piegata all'interno come una tettoia, per impedire di scappare.

Dall'edificio verde arrivavano strilli e rumori assordanti, di sedie lanciate e cocci infranti. Tra un po' sarebbero cominciati i getti d'acqua contro i compagni rimasti dentro.

I poliziotti avrebbero impiegato alcune ore prima di sedare la ribellione. Ayub però era convinto che loro già sapessero che, la mattina successiva, tra gli ospiti del centro ne sarebbe mancato qualcuno. E, forse, in tanti ne sarebbero stati contenti.

Neppure per i poliziotti doveva essere facile far la guardia a persone rinchiuse senza motivo, per mesi e mesi.

Ayub una notte aveva sentito un poliziotto chiacchierare con un collega e le loro parole lo avevano stupito.

– A volte ho voglia di aprire i cancelli e liberarli tutti! Nessuno di loro vuole rimanere qui, la maggior parte spera di andare da qualche altra parte. All'estero, in Germania, dove il lavoro c'è.

– Non farti sentire – aveva risposto l'altro. – Altrimenti alla prossima fuga, diranno che è colpa tua.

La fuga era arrivata, quella sera, dopo il tramonto. Due uomini del Centro si erano messi a litigare durante la distribuzione del pasto e in un baleno si era creato il caos.

Nel giro di pochi minuti, mentre i poliziotti erano occupati, un gruppo di una quindicina di persone era scappato. Stavano lì dentro da molto tempo e il permesso di soggiorno non era ancora arrivato.

Nel gruppo c'erano anche Rashid e Osman, con cui Ayub era partito da Asmara più di un anno prima, pochi mesi dopo il suo undicesimo compleanno. Osman era fratello di sua madre e aveva acconsentito a portarlo con sé, spacciandolo come proprio figlio.

– Corri, Ayub, corri!

Zio Osman gli veniva dietro, spingendolo dalle spalle, reggendolo con forza. Più volte Ayub rischiò di inciampare, ma le mani forti dell'adulto lo tennero dritto, impedendogli di fermarsi.

Per quanto tempo corsero? Ayub non poté dirlo, ogni energia era convogliata sui piedi. Le scarpe di gomma che gli avevano dato le signore della Croce Rossa volavano su sassi, fango, erba, sterpi, buche, formicai, tane. Su salite disagevoli e improvvise discese.

Un solo obiettivo: allontanarsi il più possibile da quel luogo che, per mesi, li aveva estromessi dalla vita.

Il cuore batteva all'impazzata, sul punto di scoppiargli nel petto, quando la presa delle mani di zio Osman sulle spalle si fece più morbida, per poi sparire. Ayub capì che poteva fermarsi.

Chiuse gli occhi e si chinò con le mani sulle ginocchia. Respirò forte e si girò. Zio Osman si era accasciato sotto un albero, sfinito. Accanto a lui Rashid sembrava più morto che vivo.

– Riposiamo per dieci minuti – ansimò zio Osman.

Rashid aprì gli occhi per un attimo.

– Ormai siamo fuori. Non ci riprenderanno – sussurrò.

Zio Osman non fu d'accordo.

– Dobbiamo allontanarci più che possiamo da Sant'Anna, questa è solo una sosta. Riposeremo quando arriverà il sole.

Corsero tutta la notte, tenendo il mare a sinistra, fino a quando le prime luci non spodestarono la luna dal cielo.

Un casolare abbandonato sbarrò loro la strada, come se qualcuno lo avesse posto dall'alto, per aiutarli.

Dentro c'era della paglia e dall'odore si intuiva che era stato un rifugio per pecore e capre, non molto tempo prima.

Ayub si gettò in un angolo, sfinito. L'ultima cosa che vide furono zio Osman e Rashid che gli si stendevano accanto, uno per lato, per proteggerlo. Lo avevano fatto per più di un anno.

Prima di perdersi nei sogni, Ayub sentì lo zio Osman ringraziare il padre dei cieli perché era di nuovo un uomo libero.

Erano sbarcati a Lampedusa più di tre mesi prima ed erano stati portati quasi subito a Sant'Anna, vicino a Crotone, nella periferia d'Italia. Palazzine fatiscenti, brande sfondate, zanzare feroci, cibo scadente, sporcizia e caldo soffocante.

Ma la cosa peggiore era di dovere stare chiusi. Tre mesi, lo erano rimasti tre mesi. Novantatre giorni. Duemiladuecentotrentadue ore.

Quando Ayub chiedeva a zio Osman perché li tenevano in quel posto, la risposta era sempre la stessa.

– Perché ci tengono prigionieri? Che abbiamo fatto?

– Le nostre colpe sono gravissime, Ayub. Siamo stranieri, poveri. E abbiamo la pelle del colore sbagliato.

2. Siracusa è in Sicilia

Nessuno sapeva cucinare lo *zighinì* come sua madre Soliana. Nessuno. Era una verità riconosciuta da tutti, come il sole che nasceva al mattino e si coricava la sera.

La carne morbida si scioglieva già sulla lingua, mentre il profumo delle spezie fluttuava per l'aria.

L'ultimo ricordo che Ayub aveva del padre Yonas era di una sera d'estate, a cena, davanti a uno *zighinì* fumante e irresistibile.

C'era anche lo zio Osman, il fratello di Soliana che lavorava nell'officina di Yonas, seduto tra lui e suo fratello Hakim.

Il padre aveva spezzato un grosso pezzo di *injera* e lo aveva passato ad Ayub, per poi dirgli: – Raccogline più che puoi e mangia in un solo boccone!

Senza protestare, il figlio aveva ubbidito: aveva intinto il pezzo di pane spugnoso nello spezzatino e lo aveva messo in bocca.

– Ma no! – aveva protestato Soliana con la piccola Selam in braccio. – Si affoga, è troppo grosso. Sputa, Ayub, sputa.

Le guance si erano gonfiate come palloni, ma Ayub era riuscito ugualmente a masticare e a buttare giù.

Suo padre lo aveva abbracciato, poi gli aveva dato dell'acqua.

– Mio figlio saprà ingoiare bocconi più grandi di lui – aveva detto alla moglie. – Farà strada, ne sono sicuro.

Era morto pochi giorni dopo, investito da un camionista ubriaco. Non aveva fatto in tempo a vedere Selam muovere i primi passi.

Era cambiato tutto nella loro vita che, persino durante la guerra contro l'Etiopia, non era stata troppo difficile. Avevano dovuto chiudere l'officina e zio Osman si era cercato un altro lavoro.

Il sorriso era quasi sparito dal volto di Soliana che si era messa a lavorare per permettere ad Hakim di studiare. La sorella maggiore, Amina, si era sposata con un uomo di Massaua, ma dopo il matrimonio era sparita, perché il marito aveva paura che loro gli domandassero dei soldi. Non aveva torto: se si fosse fatto vivo, sua madre glieli avrebbe chiesti di sicuro.

Erano quattro e lavorava solo lei. Per fortuna c'era zio Osman che li aiutava, di tanto in tanto. Faceva il cameriere in un ristorante e le mance erano buone, soprattutto in certi periodi.

Soliana aveva trovato lavoro alla scuola italiana, dove aveva avuto il permesso di iscrivere anche Ayub. Così, ogni mattina, prendevano l'autobus per via Fikremariam, con Selam nel carrozzino che cantava parole incomprensibili. Poi trascorrevano lì l'intera giornata, anche se non si vedevano quasi mai.

Ayub era contento di imparare l'italiano e la sera provava a insegnarlo al fratello, con risultati non sempre confortanti.

– L'inglese è molto più facile! – si arrabbiò Hakim una volta.

Il volto di Soliana si aprì in un raro sorriso.

– Mia nonna lo parlava bene. Era cresciuta in una famiglia di italiani ai tempi di Mussolini e cantava le loro canzoni. Ce n'era una che mi faceva ridere: parlava di un ambasciatore col cappello...

Hakim prese Soliana tra le braccia e la fece ballare.

– Sono io il tuo ambasciatore col cappello e andrò in Italia. Diventerò ricco e verrò a prendervi!

Ayub aveva poi chiesto alla maestra se conoscesse la canzone, ma lei aveva scosso la testa.

– Sarà una vecchia canzone, non la conosco!

Poi Hakim era partito, senza aspettare di prendere il diploma. La situazione politica non era delle migliori, lui voleva evitare il servizio militare. Ed era stanco di essere povero.

Zio Osman aveva fatto di tutto per convincerlo a restare, ma Hakim era partito lo stesso. E non era tornato.

– Ayub, è di nuovo buio. Andiamo!

La voce di Osman svegliò Ayub di botto e il volto dello zio fu la prima cosa che vide. Non distintamente però.

Era quasi buio e Rashid non era con loro.

– Ho dormito per tutto questo tempo? – sbadigliò il ragazzo, appoggiandosi sui gomiti.

– Come un sasso. Hai chiamato tua madre – rispose lo zio.

– Sognavo di mangiare il suo *zighinì* – sospirò Ayub.

L'altro scoppiò a ridere.

– Magari! Lo spezzatino di mia sorella Soliana ci farà tornare a casa, prima o poi. Tieni, è vecchio, ma ti calmerà la fame.

Zio Osman gli porse un panino e Ayub lo divorò in un attimo.

– Dov'è Rashid? – chiese una volta finito. – Perché non è qui?

– È andato a vedere dove ci troviamo. Per capire quale direzione prendere. Anche se noi due dobbiamo tenere il mare sempre a sinistra. Tu invece...

La risposta di zio Osman tradì una nota di tristezza. Ayub gli prese una mano e gliela strinse.

– Non sono così piccolo, saprò cavarmela – sussurrò. – Ne abbiamo già parlato: non posso venire con voi.

L'altro sbottò.

– Come fai a sapere se tuo fratello sia ancora lì? La sua lettera risale a troppo tempo fa, ormai. Chissà dov'è finito...

– Lo so e forse hai ragione – lo interruppe Ayub. – Ma devo andare lo stesso. A Cassibile, vicino a Siracusa. Lo ha detto la signora della Croce Rossa. Sono venuto per questo, per cercare mio fratello. La sua ultima lettera mi porta lì.

Rashid entrò nel casolare in quel momento.

– A una decina di chilometri c'è una strada che si biforca in due direzioni – comunicò sedendo sulla paglia. – Una va a Catanzaro, l'altra a sud, in Sicilia. Siracusa è...

Ayub non gli diede il tempo di finire.

– Lo so, Rashid. Siracusa è in Sicilia.

3. Arrivederci ad Asmara

– Ciao Ayub. Abbi cura di te.

Le parole rivelavano un commiato, ma Osman non riusciva a staccarsi da Ayub, e anche Rashid aveva gli occhi lucidi.

Sin dall'inizio del viaggio sapevano che quel momento sarebbe arrivato, se le cose fossero andate secondo i piani.

E, sebbene con tante difficoltà, i piani erano stati rispettati.

Il pensiero di Rashid andò a più di un anno prima, quando Osman era spuntato con quel bambino la sera della partenza.

Era andato su tutte le furie e se l'era presa con l'amico.

– Ci sarà d'impaccio, è un viaggio durissimo, già rischiamo la pelle da soli, figuriamoci con un moccioso dietro.

Osman però aveva tagliato corto.

– Me ne prenderò cura io, lo devo a suo padre. Era un fratello per me. E sta' sereno: non ci darà noia, è cresciuto in fretta. Anzi, potrà esserci utile una volta in Italia: parla italiano benissimo.

– Se ci arriviamo, in Italia – aveva sussurrato Rashid tra i denti.

Ora però anche Rashid stentava a staccarsi dal ragazzo. Non solo non era stato un peso, ma la sua presenza era stata preziosa nei momenti difficili. Nel deserto, quando l'acqua era finita e la meta lontana. Sul barcone, quando un'onda li aveva quasi capovolti.

Ayub non aveva mai perso la speranza e li aveva spronati a proseguire. Passo su passo, respiro dopo respiro. Con un solo pensiero: ritrovare Hakim.

– Cosa vai a fare a Siracusa? Vieni a Roma intanto. Poi andiamo ancora più a nord. Lavoriamo per qualche anno, facciamo i soldi e torniamo a cercare Hakim...

Le parole di Osman riportarono Rashid al presente. L'amico stava provando ancora a convincere Ayub a seguirli. Ormai però era una tiritera poco convinta e Rashid lo interruppe brusco.

– Basta Osman! Ayub vuole andare in Sicilia, è partito per questo – sbottò prendendo l'amico per un braccio. Poi si chinò sul ragazzo e lo guardò dritto negli occhi. – Cammina solo di notte e mangia più che puoi. I soldi per pagare il biglietto del treno li hai, ma non mostrarli, per nessuna ragione. Sta' alla larga dalle divise, meglio se trovi una donna che ti fa passare per suo figlio. Se ti prendono, sei minorenne e ti chiudono in un istituto.

– Lo so. Me lo hai detto tante volte.

Ayub abbracciò Rashid, poi si rivolse allo zio.

– Troverò mio fratello, così mamma guarirà – gli mormorò all'orecchio. – Io me la saprò cavare, lo prometto, ma mi preoccupo per voi. Riuscirete a non perdervi senza di me?

Le ultime parole furono pronunciate con un risolino che allentò la tensione. Zio Osman si asciugò le lacrime e fece la voce burbera.

– Ma chi credi di essere, bamboccio! Senza di te saremo veloci come linci! Trova Hakim e raggiungeteci. Ci troverete in Germania. Oppure in Olanda. O forse in Svezia, chissà...

– Ovunque siate, vi troverò – ridacchiò Ayub. – E se non accadesse, ci rivedremo ugualmente. A casa. Ad Asmara.

Gli altri annuirono.
– Anche tra vent'anni. O trenta, ma torneremo.
– Arrivederci ad Asmara.

Ayub si diresse a sinistra e poco più avanti trovò un cartello blu mezzo arrugginito con sopra scritto *Reggio Calabria*. Doveva seguire i cartelli, senza mai perdere di vista la strada ma evitando di percorrerla, per non correre il rischio di incontrare pattuglie della polizia che lo avrebbero chiuso in un centro per minori.

Nella tasca cucita all'interno dei calzoni di cotone c'erano cinquanta euro a pezzi da dieci. Rashid gli aveva assicurato che erano sufficienti per arrivare a Siracusa, se fosse stato abbastanza sveglio da non perderli.

Era buio e il cielo di settembre cominciava a riempirsi di stelle. Alcuni giorni prima aveva piovuto fortissimo, con lampi e tuoni da far tremare la terra fino alle viscere. Era durato un giorno e una notte, ma i campi erano ancora zuppi come spugne.

Ayub sorrise. Capitava lo stesso ad Asmara, dopo le piogge improvvise. Le strade si riempivano di fango, e i campi alle periferie della città si trasformavano in pantani.

Ayub amava la sua città dopo la pioggia, quando il mondo attorno sembrava rivestito a festa. Spazzata la polvere, ravvivati i colori. Dopo la pioggia era sempre lui ad andare al mercato.

Ayub sospirò. In verità, negli ultimi tempi prima di partire era stato lui a occuparsi di tutto. Della casa, di Selam, di sua madre.

Per quasi due anni, dopo che Hakim era partito, la situazione in casa era migliorata. A mamma piaceva lavorare, lui era bravo a scuola e ogni tre mesi il fratello inviava dei soldi che mamma metteva da parte per gli studi suoi e di Selam.

– Tua sorella avrà le stesse possibilità di un maschio!

Hakim aveva cambiato molti posti, perché le sue lettere arrivavano sempre da città diverse: Gioia Tauro, Rosarno, Palagonia, Cassibile. Tutti nomi sconosciuti anche ad Ayub, che conosceva l'Italia perché la studiavano a scuola.

Chissà perché Hakim non andava a Roma, Venezia o Firenze e preferiva quei paesini anonimi!

Poi il fratello aveva smesso di scrivere, d'un tratto, come se fosse stato inghiottito dal nulla. La madre si era rivolta al Consolato Italiano, ma una signora le aveva risposto con gentile tristezza.

– Noi non possiamo aiutarla, signora. Mi dispiace.

Si vedeva che le dispiaceva sul serio, però a Soliana non era bastato. Non si era mai ripresa dalla perdita del marito e non resse quella del figlio.

Ayub fu il primo a capire che la madre era malata e provò a prendersene cura, ma una sera due vicine la portarono in ospedale. Si rifece viva Amina, la sorella maggiore, che venne da Massaua col marito e ripartì con la piccola Selam. L'uomo propose ad Ayub di lavorare con lui al porto, ma il ragazzo non volle lasciare Soliana.

Le suore si prendevano cura dell'ombra che era diventata sua madre e ormai lei non lo riconosceva più. Il corpo era guarito, ma lo spirito non voleva saperne. Soliana stava ore davanti a una finestra, accennando a labbra chiuse un motivo senza parole, guardando ora il cielo ora una vecchia foto.

Li ritraeva tutti insieme il giorno del battesimo di Selam.

Zio Osman li aveva trovati così, una sera. Ayub seduto

sul letto e Soliana con la foto tra le mani, davanti a una finestra sul buio.

– Ho perso il lavoro – aveva detto ad Ayub. – La prossima settimana faccio il viaggio.

Il viaggio. Ayub sapeva cosa significava. Lo sapevano tutti ad Asmara. L'Europa. Il taglio col passato, la speranza di un futuro migliore. O, per tanti, l'abisso di un destino senza ritorno.

Ayub aveva guardato Soliana che ripeteva il solito borbottio.

– Devo trovare Hakim. Vengo con te, zio.

Un lungo latrato piombò sui ricordi di Ayub facendolo trasalire.

Sopra una collinetta di fronte a lui, a circa un chilometro, c'era un branco di cani randagi. Un palo della luce di uno svincolo stradale li illuminò in pieno. Erano sporchi e affamati.

Anche loro videro lui.

4. Un pensionato ribelle

– Non ti capisco, papà. Sei così cocciuto. Un mulo di fronte a te è... un criceto! Quando ti metti in testa una cosa...

– Dovresti saperlo, Paola. Mi conosci da quando sei nata.

– Ormai sei in pensione. Non hai più niente da fare a Siracusa!

– È la mia città. Ed è *qui* che non ho niente da fare.

Michele chiuse la valigia e accarezzò il gatto che si leccava la zampetta per poi passarla dietro le orecchie. Meticolosamente. Era un tigrato nel pieno della maturità, con un'espressione sicura negli occhi verdi, come di chi sa sempre quale sia la cosa giusta.

– Papà, lo sai che non voglio che il gatto stia sul letto.

– Lo so. È una delle ragioni per cui torno a casa.

– Vuoi più bene al gatto che ai tuoi nipoti.

– Si chiama Pancotto. Non gatto. E ha solo me. I tuoi figli hanno decine di persone che non vedono l'ora di viziarli.

La donna sbuffò e uscì dalla stanza, invocando una decina di santi perché la rifornissero di pazienza. L'uomo invece tolse le ultime cose dal comodino per riporle in un'altra piccola borsa. Per ultima infilò la fotografia di una signora che sorrideva. Aveva i capelli bianchi inanellati e lo sguardo allegro, pieno di vita.

Rimaneva la faccenda più difficile. Chiudere Pancotto nel trasportino. Di solito soffiava, graffiava e strillava come se lo stessero spellando. Stavolta invece non fece storie e vi entrò dentro come se non aspettasse altro.

– Anche tu hai voglia di tornare a casa, eh Pancotto?

Il gatto rispose con un miagolio appena percettibile e Michele lo portò all'ingresso insieme con la borsa e la valigia.

La figlia lo aspettava con la faccia seccata.

– Partire col buio, che idea! Almeno vai domattina, così potrai salutare i ragazzi – provò un'ultima volta.

Il padre la strinse forte.

– Non mi piacciono gli addii, lo sai. E preferisco viaggiare di notte. C'è meno traffico e non trovo file ai traghetti. Ciao Paoletta.

La donna ricacciò indietro le lacrime e gli porse una busta di plastica.

– Paoletta... Solo mamma mi chiamava così. Promettimi che tornerai per Natale e non correre. Non mangiare solo surgelati e...

Le ultime raccomandazioni si persero nelle scale.

Michele chiuse il portabagagli, si tolse la giacca e appoggiò con cura la gabbietta con Pancotto sul sedile posteriore della Panda rossa. Il colore l'aveva scelto Lisa due anni prima, dopo che lui era andato in pensione e loro avevano deciso di cambiare la macchina.

– Ora che mio marito non lavora, viaggeremo tanto. Quindi rosso, contro la iettatura! – aveva detto ridendo al concessionario.

Era già malata di cancro, ma era sicura di farcela. Invece la malattia era stata più forte di lei.

Per Michele era stato difficile mandar giù la sconfitta. Lui era un medico e aveva salvato centinaia di persone in quarant'anni di professione. Ma non Lisa.

Sua figlia Paola avrebbe voluto che lui si trasferisse a Cosenza, dove lei viveva col marito e i due figli. Michele però non aveva accettato. Nella casa di via Vittorio Veneto, sul lungomare di Siracusa, c'erano troppi ricordi con Lisa. Compreso Pancotto, il gatto di tre anni pro-pronipote di Cosetta, la micia che la moglie aveva portato con sé il giorno delle nozze, tanti anni prima.

Paoletta non aveva torto quando diceva che a Siracusa non c'era molto da fare. Però a casa della figlia ne aveva ancora meno!

I nipoti, un maschio e una femmina, erano due ragazzini non troppo entusiasti di vedere un vecchio girare per la casa con gli occhi malinconici.

Il genero, poi, detestava i gatti. Costringeva Pancotto a stare in balcone, lui che aveva sempre dormito tra lui e Lisa, perché si dichiarava allergico! Michele era certo che non fosse vero: prova ne era che quando gli altri erano assenti, il gatto girava tranquillo per la casa, con una particolare predilezione per il letto del genero!

A metà agosto la figlia lo aveva convinto a trascorrere un mese con lei, nella villetta di fronte al mare a Sellia Marina, dove si spostava con la famiglia d'estate fino all'inizio delle scuole dei figli.

Era un posto magnifico e la prima settimana Michele si era goduto le coccole di Paola; con un tartufo di Pizzo e un bicchiere di Cirò, persino le chiacchiere del genero notaio erano state tollerabili.

Col passare delle settimane le cose erano però cambiate.

Il giorno successivo sarebbe scaduto il mese dal suo arrivo e Michele non vedeva l'ora di tornare a casa.

– Non correrò, Paoletta. Lo prometto. Perché poi? Non c'è nessuno ad aspettarmi, a casa – sussurrò Michele entrando in macchina.

La figlia non avrebbe potuto sentirlo, ma dopo averlo detto lui si sentì meglio.

La strada era libera, in quel periodo ormai si riempiva solo nei fine settimana, quando la gente si spostava sulla costa per godersi il mare di settembre.

– Devo guardare bene i cartelli. Devo arrivare fino a Lamezia e da lì prendere l'autostrada per Villa.

Parlò di nuovo ad alta voce come se non fosse solo, anche se accanto a lui c'era un sedile vuoto. Lisa gli mancava in ogni momento della giornata, ma in macchina di più. Era sempre lei a stare attenta alle indicazioni stradali, come un provetto navigatore.

– L'ultima volta sono finito a Soverato, dalla parte opposta. E ho perso un'ora a vagare come uno spettro in pena!

Dal sedile posteriore arrivò un miagolio di allarme, come se il gatto avesse percepito una presenza ostile.

Michele ridacchiò.

– Ho detto per dire, Pancotto. Non ci sono spettri...

Il micio però continuò a mugugnare e si mise persino a soffiare.

Michele aprì il finestrino e capì.

Doveva esserci un branco di cani poco lontano. Una decina almeno, che abbaiavano senza tregua.

Succedeva spesso alla fine dell'estate, quando molti cani delle villette venivano abbandonati a se stessi. Si univano in branchi, pulciosi e affamati, a volte aggressivi con l'uomo.

Michele rabbrividì e chiuse il finestrino. Fu felice di essere in macchina, al sicuro, e confortò Pancotto.

– Tranquillo, ragazzo. Non sanno aprire gli sportelli.

Un'ombra velocissima gli passò davanti e lui diede una frenata così brusca da provocare un piccolo testacoda.

Sulla strada si intravide una sagoma immobile.

– No, Pancotto! Forse ho investito un cane.

I latrati erano vicinissimi, ma Michele uscì ugualmente dalla macchina. Non era un cane.

– Gesù mio! È un bambino.

5. I cani sono miei amici

Gli erano sempre piaciuti gli animali, sin da piccolissimo. Cani e gatti in particolare. Sua madre Soliana ripeteva ridendo che aveva imparato a pronunciare le parole *chelbì* e *demù,* cane e gatto, prima di *ennò* e *abbò*, mamma e papà!

– Io sono amico dei cani, io sono amico dei cani – continuò a ripetere Ayub, correndo per raggiungere la strada.

Lì sarebbe stato più sicuro, poteva passare una macchina e forse l'avrebbe tirato su. Anche una pattuglia della polizia.

Qualsiasi cosa era meglio di quei cani.

Il latrato si avvicinava minaccioso e la strada era deserta. Ayub si sentiva le gambe pesanti, come bloccate, senza più forze.

– Io sono amico dei cani. Io sono amico dei cani.

Lo aveva detto anche al cognato Hamid quell'unica volta che erano andati a trovarli a Massaua, poco prima che Hakim sparisse. C'era anche zio Osman e avevano preso la vecchia ferrovia piena di curve da capogiro e gallerie scure: cento chilometri per scendere dai 2400 metri di Asmara al livello del mare dell'antico porto eritreo.

I gridolini di Selam gli avevano quasi perforato le orecchie, ma quanto avevano riso! Anche a Massaua era stato piacevole. Amina aspettava un bambino e chiese tanti consigli a Soliana, anche se non era sua madre. Il papà di Ayub aveva infatti sposato Soliana dopo la morte della prima moglie, quando Amina aveva un anno. Mentre le donne chiacchieravano, Hamid aveva fatto del proprio meglio per mostrare la città agli ospiti, neanche l'avesse fondata lui!

Nel centro di Massaua, un tempo pieno di palazzi magnifici, erano ancora evidenti le ferite della guerra, quando i MIG etiopici avevano bombardato senza pietà.

Si erano fermati davanti all'ex Banca d'Italia che doveva essere stato un palazzo bellissimo fino a qualche anno prima.

– Ora se lo godono i cani randagi – aveva detto Hamid triste.

Ayub gli aveva sorriso.

– Almeno se lo gode qualcuno! Io sono amico dei cani.

Era stato grazie a un cane, poi, se nel deserto ce l'avevano fatta. Ed era stato lui, Ayub, a vederlo. Avevano già superato il confine col Sudan e avevano assoldato un sudanese come guida.

– Tre giorni! – aveva garantito l'uomo. – Nel deserto staremo tre giorni.

Invece quel babbeo si era perso e per sei giorni li aveva fatti vagare in mezzo al nulla, con il terrore nel volto.

Quando persino Rashid si era preso la testa tra le mani, Ayub aveva capito che il deserto poteva diventare la loro tomba.

Allora aveva chiuso gli occhi, fingendo di essere a Nda Mariam, la cattedrale copta di Asmara, racchiusa da due torri. Era un posto bellissimo. Dal piazzale davanti alla chiesa si vedevano il minareto della Grande Moschea e il campanile della cattedrale cattolica. La domenica a volte la madre li portava nel giardino a sinistra della chiesa, uno dei pochi posti quieti della città. Lei diceva di pregare meglio su quelle panchine, all'ombra degli alberi di pepe rosa.

Ayub aveva pregato in mezzo al deserto e, quando aveva aperto gli occhi, aveva visto il cane.

Si era messo a gridare con quanto fiato aveva in gola e gli altri lo avevano imitato. Il cane era sparito terrorizzato, ma qualche minuto dopo erano apparsi dei nomadi che si erano offerti di accompagnarli nella città di Kessela.

Certo, si erano fatti pagare duemila e cinquecento nafka per il servizio, mille per i due adulti e cinquecento per lui, e poi non li avevano portati nemmeno a Kessela, dove pattuito, ma in un villaggio a cinquanta chilometri dalla città.

Rashid però aveva detto che erano stati fortunati: altri compagni erano stati riportati indietro, in Eritrea, o erano stati lasciati in pieno deserto.

A Kessela, alla fine, erano arrivati a piedi, costeggiando il fiume Gash, che nasce in Eritrea e muore in Sudan.

Ayub si mise a correre lungo la strada deserta.

– Non posso morire adesso! Non sono arrivato fino a qui per farmi sbranare dai cani! – pensò riprendendo fiato per un attimo.

Non sapeva quale direzione prendere, se a destra o a sinistra. Non aveva importanza: doveva solo allontanarsi da quei latrati.

Niente da fare. Si avvicinavano, attimo dopo attimo. Se si fosse voltato, forse ne avrebbe visto gli occhi affamati, i denti aguzzi nella bocca spalancata.

Due fari di fronte a lui gli ridiedero fiducia.

Una macchina. La salvezza, forse.

Le corse incontro e cadde a terra.

Sentì una frenata, lunga e stridente. Poi di nuovo i latrati.

E il mondo divenne buio.

6. No polizia, per favore

Michele si precipitò fuori dall'auto con il cuore colmo di angoscia. Era buio e non si vedeva nulla, ma i cani dovevano essere vicinissimi.

I fari della macchina illuminarono la sagoma stesa a terra. Magra, piccola, il volto girato sull'asfalto. Per un attimo Michele pensò che spostare il ragazzo avrebbe potuto essere rischioso, ma lo era di più essere assaliti dal branco famelico.

– Da solo non posso farcela contro tanti cani.

Lui era quasi sicuro di non aver investito il ragazzo. Non aveva sentito alcun colpo sulla macchina, solo la frenata, quindi il ragazzo doveva aver perso i sensi per il forte spavento.

Non c'era più tempo per riflettere, i cani parevano così vicini da sentirne il respiro sul collo. Con rapida delicatezza, Michele prese il ragazzo in braccio e lo portò in macchina, adagiandolo sul sedile accanto al suo. Solo in quel momento si accorse che era un adolescente africano, esile, forse sottopeso.

Non ebbe il tempo di osservare altro, perché i cani furono loro addosso. Un attimo dopo aver chiuso lo sportello.

Michele ne vide le fauci rosse, lo sguardo incattivito dalla fame, la bava vischiosa che si appiccicò sul finestrino, in linee spezzate.

Suonò il clacson con forza, senza pause. Poi fece rimbombare il motore, come se la Panda fosse diventata d'un tratto una Ferrari!

I cani si spostarono quel poco che gli bastò per ingranare la marcia e partire a razzo. Gli corsero dietro per una cinquantina di metri, poi rinunciarono, rassegnati alla sconfitta.

Dallo specchietto Michele li vide abbaiare alla luna, un ululato di disperazione, di chi non ha mai saputo cosa sia la gioia.

Poi ci fu una curva e loro sparirono dalla sua vista.

Solo allora Pancotto fece udire un miagolio sommesso, per avvisare che c'era e stava bene. All'apparire dei cani si era zittito, come se fosse diventato invisibile. Magari lo era diventato davvero, dai gatti ci si può aspettare di tutto.

– Che paura ci siamo presi, Pancotto! – sospirò Michele. – E forse ci siamo cacciati in un bel guaio.

Una piazzola di sosta. Michele accostò e si fermò lentamente. Poi accese la luce all'interno dell'auto.

Il ragazzo era ancora svenuto, ma non sembrava aver preso colpi, era solo sfibrato dalla corsa e dalla paura.

Michele dimenticò dov'era e ricordò solo di essere un medico. Lo era stato per oltre quarant'anni e sapeva cosa fare.

Mise subito due dita sotto l'angolo della mandibola, e la carotide gli comunicò un battito rapidissimo. Poi osservò la pelle grigiastra del ragazzo e capì.

– Sindrome vagale – sussurrò a se stesso. – Il polso radiale mi segnala la pressione bassa.

Con sicurezza abbassò il sedile, poi sollevò le gambe del ragazzo in alto, mentre il gatto si mise a miagolare.

– Tranquillo, Pancotto – lo tranquillizzò l'uomo. – Ora si sveglia.

Sulla strada non passò nessuno e nella piazzola di sosta il tempo trascorse lentamente. Ma Michele non lasciò le gambe del ragazzo fino a quando il colore non tornò sul volto.

Per tutto il tempo in cui rimase in quella posizione scomoda, il medico continuò a chiedersi cosa fare. Quel ragazzo non aveva bagaglio, era sporco, probabilmente affamato: non occorreva un indovino per capire che veniva da quel posto vicino a Crotone, nell'ex aeroporto militare, dove gli extracomunitari erano rinchiusi in attesa che lo Stato italiano decidesse cosa fare di loro.

Una sera Paoletta e il marito avevano litigato di brutto a causa di quel posto: la vedevano diversamente sull'argomento.

A un certo punto il marito aveva cominciato a insultare i *nigri*, in dialetto, dicendo che dovevano tornarsene tutti a casa, che erano pericolosi e che il loro puzzo si sentiva fino a Cosenza.

Paoletta lo aveva guardato con disprezzo e gli aveva risposto che il loro puzzo era meno pestilenziale di quello di un notaio razzista. Era seguito un attimo di silenzio assordante; poi il *notaio razzista* aveva lasciato la stanza furioso, incapace di ribattere.

Michele si era divertito molto quella sera perché aveva ritrovato la Paoletta che pensava sparita per sempre. Prima di sposarsi, la figlia era stata una ragazza ribelle che non si perdeva una marcia della pace. Non era troppo cambiata, dunque: sotto i vestiti firmati e le cene eleganti, la sua piccola rivoluzionaria c'era ancora.

Il ragazzo si mosse e aprì gli occhi. Quando vide l'anziano signore chino su di lui, diede un sobbalzo e parve spaventato.

– Buono, ragazzo, buono – lo rincuorò Michele abbassandogli le gambe. – Sei solo svenuto.

Qualcosa, nello sguardo dell'uomo, comunicò ad Ayub che poteva fidarsi. Il respiro era tornato normale, ma la gola era secca.

– *Mai* – chiese in tigrino, la sua lingua. Poi si accorse dello smarrimento nella faccia dell'altro e mormorò: – Acqua...

Michele frugò nella busta che gli aveva dato Paola, sicuro che l'acqua non mancasse. C'era, due bottiglie piccole. Ne aprì una e si chinò sul ragazzo, sollevandogli la testa per aiutarlo a bere.

– Non troppo in fretta, però. Rischi di soffocare – disse, anche se non era certo di essere capito.

Ayub bevve, poi si accasciò di nuovo sul sedile, a occhi chiusi.

Michele si grattò il naso. Il peggio era passato, il ragazzo stava bene. Però cosa doveva fare ora? Di sicuro sua moglie avrebbe saputo dargli il consiglio giusto, ma adesso lei era irraggiungibile!

– E ora che cosa ne faccio di te? – sbuffò Michele guardando Ayub. Il ragazzo sembrava aver perso di nuovo i sensi, ma non era così, perché aprì gli occhi.

– No polizia, per favore. No polizia.

Proprio le parole che sperava di sentirsi dire!

Michele accese la macchina, ma non partì, turbato da sentimenti contrastanti. Non voleva passare un brutto guaio, però non aveva neppure voglia di deludere quel ragazzo, anche se ne ignorava il nome o da dove venisse. Non sapeva neppure se capisse l'italiano, forse le poche parole appena pronunciate erano le uniche che conosceva: *no polizia, per favore.*

Pensò di tornare dalla figlia, ma scacciò l'idea: suo genero avrebbe riportato il ragazzino in quel posto, senza discutere.

– E se chiamassi Carlo? – domandò a se stesso.

Era il suo più caro amico, un avvocato, e avrebbe potuto chiedere a lui. Ma scartò anche quella soluzione. Immaginava da solo la risposta di un professionista della legge.

– Sei pazzo! Un minorenne, probabilmente clandestino? È sequestro di persona, per non parlare degli altri reati di cui potrebbero accusarti. Portalo subito alla polizia, oppure va' in chiesa. I preti sanno cosa fare in questi casi. E non metterti a fare il buon samaritano, alla tua età. Magari c'è il padre dietro il muro che vuole rubarti i soldi e darti una botta in testa!

Per precauzione Michele chiuse la sicura dell'auto e guardò fuori dal finestrino, nel buio.

In effetti c'era un muro, però non c'era nessuno dall'altro lato.

Nessun padre che volesse derubarlo, nessun prete che potesse aiutarlo, nessun poliziotto.

C'era invece un ragazzo, dentro la sua macchina, che non smetteva di guardarlo. Michele lesse la speranza in quegli occhi neri. Anche paura, stanchezza e stenti.

La speranza era però più forte di ogni altro sentimento.

– Non so dove portarti – sbottò allora l'anziano medico. – Hai un parente, un amico, un posto dove andare?

La risposta del ragazzo lo lasciò di sasso.

– Siracusa, devo andare a Siracusa.

7. Nella pancia della balena

Michele spense la macchina. Aveva sentito bene? Quel ragazzo aveva davvero nominato la sua città?

Ayub capì che l'uomo che lo aveva salvato era sbalordito per qualcosa che lui aveva appena detto. Forse, si disse, non sapeva dove si trovasse Siracusa. Così pensò di specificare.

– In Sicilia. Siracusa è in Sicilia.

Per un attimo Michele ebbe voglia di ridere. Non solo quel ragazzo voleva andare nella sua città, ma lo trattava pure da ignorante! Certo, era una strana coincidenza. La voce di Lisa gli si insinuò nella mente, con una frase che lei citava spesso.

Non esistono le coincidenze. Nulla accade per caso.

La testa di Michele fu invasa da un fiume di domande.

Portare il ragazzo a Siracusa? E se lo avessero fermato? Dove lo avrebbe portato, visto che sarebbero arrivati di notte? Chi era quel ragazzo? Da dove veniva, come si chiamava?

E, soprattutto, perché doveva andare a Siracusa?

L'ultima domanda fu l'unica a pronunciare ad alta voce.

– Perché devi andare a Siracusa?

– Devo andare da mio fratello.

La risposta giunse talmente pronta che Michele non dubitò neppure per un attimo che non fosse la verità.

Dunque c'era un fratello. Questo spiegava e risolveva molte cose. Un fratello da cui andare, che si sarebbe preso cura del ragazzo nel giro di poche ore.

La faccenda cambiava. Se lo avesse fermato una pattuglia della polizia, avrebbe raccontato la verità. Aveva raccolto un ragazzo per strada e gli stava dando un passaggio. Tutto qui.

Che ne sapeva lui di permessi di soggiorno, di clandestini e di centri a Crotone? Avrebbe finto di cadere dalle nuvole e, a quel punto, sarebbe stato lieto di consegnare il ragazzo con mille scuse.

La voce di Lisa nella testa non fece commenti: significava che anche lei era d'accordo.

Michele riaccese la macchina e ingranò la marcia.

– Vuoi dell'altra acqua? – chiese prima di spostarsi.

Ayub però non rispose: si era nuovamente adagiato sul sedile con gli occhi chiusi.

Michele lo coprì con la giacca che si era tolto quando era partito, ma l'altro parve non accorgersene.

Il ragazzo dormì – o sembrò farlo – per l'intero tragitto che percorsero fino a Villa San Giovanni. Non aprì mai gli occhi, non parlò, non mosse un arto.

Di tanto in tanto Michele lo guardava, senza mai perdere di vista la strada. Le interruzioni erano tante ed era un continuo spostarsi da una carreggiata all'altra, con i camion che formavano file interminabili, nonostante fosse ormai notte.

– E la chiamano autostrada! – sbottò all'ennesima interruzione.

Da dentro la gabbietta Pancotto diede un brontolio sommesso. Il tono seccato di Michele lo aveva infastidito.

– Mi scusi, sua maestà – rise Michele. – Non parlo più.

A Villa San Giovanni Michele scese dalla macchina per far timbrare il biglietto fatto un mese prima. Rientrando, si accorse che Ayub aveva aperto gli occhi e cercava di sollevare il sedile: evidentemente era stanco di stare disteso.

Pancotto miagolò con energia. Ma quei due davanti non sapevano stare in silenzio? Non solo lo chiudevano in gabbia, dovevano anche svegliarlo in continuazione?

Fino a quel momento Ayub non si era reso conto della presenza di Pancotto, ma il miagolio gliela rivelò.

Voltò la testa con curiosità e sorrise. Per la prima volta da quando era entrato in macchina, sorrise.

– *Demù*! – esclamò illuminandosi in volto.

Anche se non conosceva la parola, Michele capì.

– Sì, gatto – annuì, per poi specificare: – Si chiama Pancotto.

Ayub non smise di sorridere e ripeté: – Gatto. Pancotto.

Dal mare si intravide la grossa sagoma del traghetto; le poche auto in fila aspettarono che si svuotasse, per entrarvi a loro volta.

Michele pensò fosse giunto il momento di presentarsi.

– Io sono Michele. E tu? Come ti chiami?

Ayub non rispose subito. Rashid gli aveva raccomandato di non dare confidenza, ma quell'uomo gli aveva appena salvato la vita.

– Ayub – rispose, quindi, mentre con la macchina entravano nel traghetto.

Ayub restò impressionato dalla grandezza dell'interno della nave. Gli fece venire in mente Giona dentro la balena, che non aveva mai smesso di avere fede.

Quando il portellone del traghetto si chiuse dietro di loro, Michele scese dall'auto, facendo però cenno ad Ayub di restare dov'era.

– Vado a prendere qualcosa da mangiare – scandì lentamente e facendo segno con le dita di infilare qualcosa in bocca. – Non muoverti e fa' la guardia a Pancotto.

Ayub annuì e Michele fu certo che l'altro avesse capito. Quindi inforcò le scale con un'agilità che non conosceva da tempo. Quelle emozioni gli avevano messo appetito e anche il ragazzo doveva aver fame, ne era certo.

Un'arancina era proprio quel che ci voleva!

Ayub si abbassò sul sedile più che poté: non voleva che si accorgessero di lui. Dal sedile posteriore Pancotto si mosse e Ayub infilò un dito tra le sbarre.

– Gatto. Pancotto – sussurrò con dolcezza.

Il dondolio delle onde era impercettibile, quasi non si capiva di essere dentro una nave. Tutta un'altra cosa rispetto alla bagnarola che li aveva portati dalla Libia a Lampedusa.

Ayub rabbrividì e si avvolse nella giacca di Michele. Non era il freddo però a farlo tremare, ma il ricordo di quella traversata.

Quando Rashid gli aveva detto che la *lampalampa* era pronta e che sarebbero partiti a breve, Ayub si era immaginato una nave da crociera, di quelle che vedeva nei film su ERI–tv.

Invece non era che una barchetta blu e verde, di dieci metri di lunghezza e cinque di larghezza. C'erano rimasti in duecento, per tre giorni, senza quasi cibo o acqua. Gli uomini in coperta, le donne e i bambini nella piccola stiva. Ayub avrebbe potuto stare con loro, ma aveva preferito rimanere con Osman e Rashid, incapace di muoversi, inzuppato dalle onde. Alla fine, quando pensavano di non arrivare più, un elicottero si era accorto di loro e un'ora dopo era arrivata la guardia costiera italiana.

– Ora assaggerai le arancine siciliane!

La voce di Michele interruppe i ricordi di Ayub. L'anziano medico stringeva un involto che profumava in maniera irresistibile.

– Queste ti rimetteranno in sesto – continuò Michele, per poi rivolgersi ridacchiando al sedile posteriore. – Un pezzetto anche per te, Pancotto. Piccolo però. Mangerai quando saremo a casa.

8. Una casa sul mare

Quando il traghetto attraccò a Messina, Ayub aveva già finito la prima arancina e si accingeva ad attaccare la seconda.

Al primo morso le aveva scambiate per *sambusa*, le frittelle di carne che preparava Soliana. Solo che quelle erano a forma di triangolo, queste invece ricordavano le piramidi egiziane e il sapore era diverso. Al secondo morso aveva pensato che assomigliassero ai *falafel*, le polpette di ceci. Al terzo morso aveva però capito che non avevano niente a che fare neppure con quelle.

– Le arancine sono tipiche della Sicilia – gli spiegò il signore che forse gli stava leggendo nel pensiero. – Ti piacciono?

La bocca piena impedì ad Ayub di rispondere, ma fece cenno di sì con la testa. Michele ebbe così la conferma che il ragazzo capisse l'italiano. Strano però. Dall'aspetto avrebbe giurato che non fosse arrivato in Italia da molto tempo.

Non aveva bagaglio, sembrava in fuga da qualcosa o da qualcuno, e i vestiti emanavano un inequivocabile odore di stalla. Forse era stato ospitato da una famiglia di allevatori in Calabria.

Ayub si pulì la bocca con un tovagliolino e bevve un sorso dalla lattina che gli aveva portato Michele.

– Grazie, signor Michele – disse infine. – Era davvero gustoso. Non mangiavo così bene da tanto tempo.

Michele si stupì di nuovo. La frase era stata pronunciata in perfetto italiano, con un lieve accento cantilenante, che lo rendeva molto dolce, specialmente nelle b e le z. Inoltre aveva usato una parola ricercata come *gustoso* e aveva anteposto al suo nome un *signor*. Quel ragazzo conosceva bene la sua lingua.

Quando l'ultimo semaforo sul viale Boccetta che conduceva dritto all'autostrada diventò verde, Michele pensò di soddisfare la curiosità. Mancavano quasi due ore a Siracusa e si era stufato di stare zitto. Probabilmente quel ragazzo rimaneva abbottonato perché qualcuno gli aveva detto di fare così, però lui voleva saperne di più.

– Da dove vieni, Ayub? – chiese quindi con naturalezza, per poi specificare. – Da quale paese dell'Africa?

Ayub stavolta non tentennò.

– Asmara – pronunciò con un tono di fierezza che non riuscì a nascondere. – La mia famiglia è di Asmara.

Michele fece mente locale, creandosi nella testa una cartina dell'Africa e frugando nella memoria.

Per lui che era nato alla fine della seconda guerra mondiale, Asmara era un nome noto. Africa Orientale, vicino all'Etiopia. La capitale dell'Eritrea, una colonia italiana ai tempi del fascismo e anche prima. Ricordò che a scuola c'era un compagno nato ad Asmara, ma che era tornato in Italia subito dopo la guerra. Cercò di focalizzare altro, ma gli venne in mente molto poco. Una guerra con l'Etiopia, l'Indipendenza forse. O forse no.

Gli sovvennero alcuni nomi, studiati sui libri di storia e mai dimenticati. Menelik, il negus che inflisse una batosta colossale all'esercito italiano, ad Adua. Hailè Selassiè, scacciato dagli italiani e rimesso al trono dagli inglesi. Loro però erano etiopi e i rapporti tra Etiopia ed Eritrea erano sempre stati complicati.

Michele all'improvviso capì di essere profondamente ignorante sull'argomento. Leggeva il giornale ogni mattina, ascoltava due telegiornali al giorno e il giornale radio. Eppure avrebbe saputo raccontare poco o niente sul paese da cui proveniva il ragazzo.

Si vergognò un po', senza spiegarsi il perché.

Così passò a un'altra domanda, forse meno rischiosa.

– Sei da molto in Italia? Parli benissimo l'italiano!

Ayub ormai sapeva che Michele non lo avrebbe tradito e decise di dirgli la verità.

– Mia madre lavorava alla scuola italiana e io ho fatto le elementari lì – rispose compunto. Poi però sorrise: – Si chiama Buonarroti ed è la più bella scuola del mondo! Mi hanno insegnato tante cose e io so parlare tre lingue! Il tigrino, l'italiano e l'inglese!

Michele scoppiò a ridere. Quel ragazzino era proprio sveglio!

Ayub continuò.

– Poi mi ero iscritto alla media e anche lì era bello – la voce gli si incrinò quando aggiunse: – Mamma però si è ammalata...

Il ragazzo tacque e Michele preferì non chiedere altro. Però la sua curiosità non era soddisfatta. Quel ragazzino dimostrava non più di tredici anni. Come era arrivato in Italia?

Avevano appena superato l'uscita di Giardini, quando Michele decise di parlare di nuovo.

– Sei molto giovane, non puoi essere arrivato da solo. Sei venuto con tuo padre?

Altra risposta, nuovo pugno nello stomaco.

– Ho dodici anni e mezzo. E mio papà è morto.

Michele rallentò. Si sentiva mancare il respiro.

– Ma allora tu...

Ayub annuì.

– Sono arrivato in Italia con mio zio, circa tre mesi fa. Il viaggio da Asmara è durato quasi un anno. Prima abbiamo attraversato il Sudan, poi la Libia e da lì abbiamo preso la barca per Lampedusa.

Poche frasi, pesanti come macigni. L'immagine di un barcone pieno di uomini, donne e bambini, perforò la testa di Michele come un trapano. Li chiamavano *viaggi della speranza*, anche se spesso diventavano un lasciapassare per la morte. Pure di quell'argomento sapeva poco, eppure quasi ogni mattina, a pochi passi da casa sua, vedeva tante persone di colore, in attesa davanti al Commissariato, dove c'era l'Ufficio Immigrazione. Passava oltre a testa bassa, andando e tornando dal mercato, quasi non volesse sapere.

E ora quel ragazzino. Che gli era entrato in macchina senza preavviso, con la sua storia che non sapeva con quale aggettivo definire. Avventurosa? Straordinaria? Disperata?

Per fortuna l'indomani sarebbe finito tutto. Il bambino avrebbe ritrovato il fratello e lui sarebbe tornato alla sua vita e ai suoi ricordi. Alla noia di un quotidiano dove non succedeva nulla di rilevante.

La sveglia, il giornale, la passeggiata al mercato, i pasti di Pancotto e i suoi: solitari, veloci, insipidi.

Michele non chiese altro fino a Siracusa e Ayub non parlò di propria iniziativa.

Arrivarono dopo la mezzanotte e Michele parcheggiò la macchina in via dei Tolomei, di fronte al mare.

Il suono amico delle onde gli calmò all'istante l'angoscia

che gli bruciava dentro, come una ninnananna sognata da tempo.

Scese dalla macchina e respirò a pieni polmoni, inebriandosi di brezza salata. Svuotò il portabagagli e prese la gabbietta col gatto.

Ayub però sembrava titubante, come se non volesse scendere. Nello sguardo c'era un enorme punto interrogativo.

– Che fai? – gli sorrise però Michele. – Non vorrai restare lì tutta la notte. Non senti come scalpita Pancotto? Siamo a casa.

9. Da dove è uscito questo?

Era una giornata splendida, calda e luminosa. Michele si svegliò presto, senza bisogno della sveglia: non vedeva l'ora di vedere il sole sorgere sul suo mare, sorseggiando il caffè.

Aveva dormito come un papa, anche se per poche ore. Il suo letto non gli era mai parso così comodo e la casa profumava di pulito. Concetta era venuta ogni due giorni per innaffiare le piante, ma evidentemente non si era limitata a fare solo quello.

Concetta era la donna di servizio da trent'anni e conosceva la casa meglio di lui. Nutriva per Lisa un affetto sincero che, dopo la morte, si era mutato in venerazione, seconda solo a Santa Lucia e alla Madonna delle Lacrime.

Concetta non veniva più tutti i giorni, ma solo due volte a settimana, per pulire e cucinare. Poi metteva le pietanze in freezer, in piccoli contenitori di plastica, che Michele scongelava in seguito.

Non si parlavano molto, non lo avevano mai fatto: però erano importanti l'uno per l'altra, come due vecchi amici.

Riponendo la tazzina nel lavello, Michele guardò il calendario: era mercoledì, dunque Concetta sarebbe venuta dopo le dieci. Non l'aveva avvertita del suo rientro, non ce n'era bisogno.

Ayub dormiva nella camera dei ragazzi, una stanza che Lisa aveva creato alla nascita dei nipoti, ricavandola dal grande salone.

L'aveva decorata in maniera allegra e colorata e, anche se adesso Vanessa e Rafael erano cresciuti, era rimasta piena di pupazzi e personaggi di Walt Disney su pareti e scaffali.

La notte prima Michele aveva fatto il letto di Ayub con le lenzuola trovate nel cassetto. Il ragazzo crollava di sonno e anche se un bagno era tassativo, poteva anche aspettare l'indomani.

Michele aprì la porta della stanza e controllò che il ragazzo stesse bene. Dormiva della grossa, col respiro pesante e regolare.

– Andrò a prendergli i maritozzi e qualcosa per cambiarsi. Poi lo porterò da suo fratello – si disse Michele uscendo da casa. – Peccato! Avrei voluto conoscerlo meglio, è un ragazzo in gamba. Magari una domenica li invito entrambi a pranzo, in campagna.

Erano le otto e le scuole sarebbero iniziate dopo qualche giorno. In giro c'erano poche persone e lui percorse via Vittorio Veneto senza incrociare nessuno. Solo il cane Romeo gli abbaiò come al solito dal primo piano del palazzo di fronte.

– Sono tornato – lo salutò lui. – Non hai perso la voce, eh?

Nonostante l'ora, davanti all'ufficio immigrazione c'era già molta gente. Erano in maggioranza africani, tranne due donne bionde, di cui si indovinava l'origine est-europea. Il portone era chiuso, ma loro formavano già una schiera sparpagliata e silenziosa.

Michele passò oltre, ma stavolta li guardò con attenzione: magari tra quei giovani c'era anche il fratello di Ayub. Provò a scoprire qualche somiglianza, ma non ne trovò.

Al mercato la vita ferveva da ore: fruttivendoli, salumieri, pescherie, panifici, pizzicagnoli e straccivendoli. Una babele di profumi e colori, di voci che si sovrastavano l'un l'altra, ciascuna sbandierando la qualità della propria merce.

Al panificio Michele comprò due maritozzi al cioccolato e uno all'uva passa. Poi si fermò alla bancarella dei vestiti e scelse due paia di pantaloni, tre magliette e alcuni slip.

– Mio nipote ha dodici anni, ma è magro – chiarì all'ambulante.

Tornò a casa quasi di corsa, con un'energia inaspettata. Ayub era in soggiorno e guardava il mare dalla finestra. Indossava solo la maglietta e gli slip sporchi, e Michele si stupì della sua magrezza.

Era abbastanza alto, più di suo nipote Rafael che aveva la stessa età. I capelli erano folti e ricci, il viso regolare, fiero. Erano però gli occhi a stupire. Grandi, neri. Puliti come laghi in primavera.

– È bella la tua casa – disse Ayub. Poi gli andò incontro in punta di piedi, come se avesse paura di rompere qualcosa.

Michele posò gli involti sul tavolo.

– Ti ho portato la colazione e dei vestiti – annunciò, per poi spostarsi in cucina a scaldare il latte.

Ayub mangiò i tre maritozzi con lentezza, ma senza sprecarne una briciola.

– L'appetito non ti manca! – ridacchiò il dottore. – Tuo fratello ne avrà da lavorare per permettersi i tuoi pasti!

Ayub lo guardò in maniera strana, come se non avesse capito.

Michele temette di avere esagerato: – Stavo scherzando, dai! Sono sicuro che non vede l'ora di vederti.

Ayub restò zitto e Michele intuì che qualcosa non andava.

– Hai l'indirizzo di tuo fratello, Ayub? – chiese titubante.

Silenzio.

Michele camminò fino alla finestra e guardò il mare. Una tavola piatta e blu che si perdeva nel blu infinito del cielo.

– Dimmi la verità, Ayub – sussurrò dopo alcuni minuti. – Tuo fratello sa che sei arrivato?

– Non ho notizie di mio fratello da più di due anni. Per questo sono venuto. Per cercarlo.

La pendola sul muro batté dieci colpi. Michele pensò che rintoccasse la sua condanna.

Aveva raccolto un ragazzo in fuga da un centro per immigrati. Lo aveva portato a centinaia di chilometri e lo aveva fatto dormire nel letto di suo nipote. E ora? Cosa gli toccava ora?

Si vide in un tribunale, a giustificare la sua stupidità al banco degli imputati, mentre il giudice gli puntava l'indice contro. La sua foto sui giornali, con accuse irriferibili. E Pancotto in mezzo alla strada, a elemosinare lische di pesce davanti a un ristorante.

– Nel mobile del bagno ci sono degli accappatoi piccoli – fu però l'unica cosa che riuscì a dire dopo molti minuti di visioni orribili. – Fai la doccia e cambiati i vestiti.

Ayub annuì, poi frugò tra gli slip e gli porse due banconote da dieci euro. Michele lo guardò con occhi interrogativi.

– Sono per avermi portato qui – spiegò Ayub.

Michele non li prese e il ragazzo li posò sopra il tavolo. Poi strinse la busta con i vestiti e sparì nel corridoio. Quando la porta del bagno si chiuse, Michele guardò la foto della moglie con astio.

– In che guaio mi hai cacciato, Lisa? – sussurrò seccato. – Non fare la santarellina, lo so che c'entri tu in tutto questo!

La porta di casa si aprì in quel momento. Concetta. Ci mancava solo lei. Michele si era dimenticato del suo arrivo.

Gli parve più vecchia, ma anche lei ormai doveva aver superato i cinquanta.

Nel vederlo, la domestica si mise le mani nei capelli.

– E poteva dirmelo che tornava oggi! Le avrei fatto trovare il letto pronto. Come sta, dottore? E i *picciriddi* di Paola? Il notaio che fa? Mangia sempre i pistacchi lasciando le scorze dentro al divano?

Una raffica di domande, senza attendere la risposta.

Michele si limitò ad annuire con la testa. Concetta si accorse dei resti della colazione di Ayub sul tavolo e pensò fosse dell'altro.

– Ha mangiato tardi! – commentò, per poi chiedere: – Che faccio per pranzo? Ne ha roba sporca? Accendo la lavatrice?

Michele rimase zitto e Concetta inforcò il corridoio. Solo in quel momento, il medico pensò che forse avrebbe dovuto avvertire la domestica della presenza di Ayub.

– Madonna santissima!

Dall'urlo capì che Concetta l'aveva scoperto da sola e corse nel corridoio anche lui.

Davanti alla porta del bagno, Ayub in accappatoio guardava terrorizzato Concetta stesa a terra che, terrorizzata, guardava lui.

– Ayub, lei è Concetta. Concetta, lui è Ayub – si sentì in dovere di presentare Michele, incapace di trattenere un risolino.

Concetta si fece il segno della croce.

– *E ri unni nisciu chistu*? – sbottò infine in dialetto stretto.

Michele si strinse nelle spalle.

– Già, da dove è uscito questo? – tradusse calmo, aiutando la donna a rialzarsi. – Bella domanda.

10. Lasciarlo in mezzo alla strada?

Michele e Concetta parlarono di più nell'ora successiva di quanto avessero fatto nel resto della loro vita.

Dopo la scena nel corridoio andarono in cucina e Michele preparò un caffè: non lei a lui, come succedeva di solito, ma lui a lei. Poi le raccontò ogni cosa, senza tralasciare particolari.

La partenza dalla casa di Paola, i cani, le arancine sul traghetto. E la dichiarazione scioccante di quella mattina.

Concetta non lo interruppe mai, altro evento straordinario, e alla fine gli chiese: – Il padre è morto, il fratello è scomparso, la madre è malata. E ora chi se lo carica *'stu picciutteddu*?

Già. E ora a chi toccava prendersi cura di quel ragazzino?

– Non lo so – scosse la testa Michele.

La domestica lo guardò storto.

– Non può lasciarlo in mezzo alla strada, dottore! No, non è cosa – lo redarguì spalancando gli occhi a palla. Poi, come se non bastasse, gli pose la stessa domanda che lo stava torturando. – E che direbbe la signora Lisa?

Ayub spuntò sulla porta, indossando i vestiti nuovi. I pantaloni gli stavano bene, ma la maglietta era larga.

– *Figghiu miu*, sei troppo secco! – lo rimproverò bonariamente Concetta. – Ti piace la pasta al forno? Ora ci penso io. Scommetto che, nel giro di una settimana, ti faccio sparire le ossa.

Michele pensò che Concetta desse per scontato che il ragazzo rimanesse lì per un po'. Pure il gatto sembrava gradire il nuovo arrivato, perché gli si andò a strofinare tra le gambe.

– Pancotto – sorrise Ayub prendendolo in braccio.

– Sì, Pacchiotto – confermò Concetta che, tra le altre abitudini, aveva quella di storpiare i nomi. – Come hai detto che ti chiami tu?

– Ayub.

– Ah, vero. Il dottore me l'ha detto. Abbub...

– Ayub – sospirò Michele.

– E io che ho detto? – si stizzì Concetta. – Addub!

Questa volta il ragazzo scoppiò a ridere di gusto, mentre Pancotto si mise a fare le fusa. Concetta si grattò il naso.

– Senti, per me questo nome è troppo difficile. Che fa? Posso chiamarti Antonio?

Michele alzò gli occhi al cielo. Lì dentro si sentiva superfluo.

– Vado a parlare con Carlo. È venuto il momento di chiedere un parere legale – disse a se stesso. Concetta però lo sentì.

– Dica all'avvocato che preparo la pasta al forno – gli raccomandò mentre lui usciva. – Così viene pure lui.

Lungo il tragitto fino a Piazza Archimede, dove Carlo aveva casa e studio, Michele studiò le parole da usare con l'amico.

Erano stati compagni di scuola, ma solo Michele era andato in pensione. Carlo continuava a esercitare, indiscusso principe del foro di Siracusa. Entrambi però vivevano da soli, lui perché era rimasto vedovo, Carlo invece aveva divorziato dieci anni prima.

– Ehi, sei tornato! – lo accolse l'amico. – Mi trovi per caso, in tribunale mi hanno rimandato una causa.

– Volevo invitarti a pranzo – la prese alla lontana Michele. – Concetta fa la pasta al forno.

L'amico però non la bevve. Lo conosceva da troppi anni.

– Che è successo, Michele? – gli chiese facendogli cenno di sedersi. – Tua figlia ha lasciato il notaio?

– Magari fosse così semplice – sospirò Michele per poi lanciare la bomba. – La legge non è il mio campo, ma temo di poter essere incriminato per sequestro di minore.

La faccia stravolta dell'amico provocò in Michele un nuovo risolino. Era già capitato in quella strana mattina, in cui ogni momento pareva riservargli una parte tragica e un risvolto comico.

– *A ogni lacrima si accompagna un sorriso* – gli disse la solita voce di Lisa dentro di sé.

Michele però la allontanò: era ancora convinto che fosse stata la moglie a cacciarlo in quel guaio. Così raccontò la storia a Carlo, proprio come aveva già fatto con Concetta.

La reazione dell'amico fu però diversa da quella della domestica.

Carlo si alzò in piedi, si versò dell'acqua, posò il bicchiere, prese il telefono, lo lanciò sulla scrivania. Infine urlò stravolto.

– Tu sei pazzo da catena! E ora che ne facciamo del ragazzino?

Michele aprì le braccia: – Non lo so, per questo sono qua. Però in mezzo alla strada non lo lascio.

L'altro risedette con più calma e restò zitto per qualche minuto. Poi alzò la cornetta del telefono e compose un numero.

– Buongiorno, Pina. Devo venire subito da lei. È urgente.

Michele rimase seduto quando Carlo si alzò e andò alla porta.

– Che aspetti? – si girò l'altro con lo sguardo furbo. – Prima ti cacci nei guai e poi me li fai risolvere da solo?

Michele si alzò di scatto.

– Scusa, non avevo capito – si giustificò seguendo l'amico sulle scale. – Ma dove stiamo andando? E chi era al telefono?

– Un'assistente sociale che mi adora. Ora chiamo anche un amico in Questura – sbuffò l'amico brandendo il telefonino come una colt. – Telefona a Concetta, credo che la pasta al forno la mangeremo per cena. Abbiamo un bel po' di faccende da sbrigare. Evitarti una denuncia, salvarti dalla galera...

Michele non lo fece finire.

– E trovare una sistemazione per Ayub – ribadì deciso.

L'altro lo guardò stupito e buttò quasi per caso: – Pensavo che il bambino volessi tenerlo tu...

– Io?

– In affido temporaneo – specificò l'avvocato. – In fondo lo hai trovato tu.

Michele protestò: – Veramente è stato lui a trovare me!

La voce di Lisa gli si insinuò ironica nella testa.

– *Quante chiacchiere, marito. Che importa chi ha trovato chi? Vi siete trovati!*

11. Quanti nonni!

Se qualcuno avesse chiesto a Michele che cosa gli fosse capitato in quella lunga giornata, non avrebbe saputo rispondere.

Si era sentito in un teatro all'interno di una trottola, dove lui era sia attore che spettatore. Con Carlo inesorabile regista.

– Fai parlare me! Anche se ti interrogano – gli ordinò l'amico entrando in macchina. Lo ribadì per tutto il giorno, mentre si spostavano da un ufficio all'altro. La Questura, il Centro Affidi, persino il Tribunale dei Minori di Catania.

Carlo fu superbo. Affascinante, raffinato. E bugiardo. Si inventò una storia strappalacrime, del ragazzo raccolto dietro la porta di casa. Al giudice che gli obiettò la mancanza di un vincolo di parentela tra il bambino e Michele, raccontò di una vecchia zia di Lisa, nata ad Asmara un secolo prima e amica della bisnonna di Ayub. Inutile dire che quella zia non era mai esistita.

– Il ragazzo è in cerca del fratello e si è ricordato dell'indirizzo della zia del dottore. Non sappiamo come vi sia arrivato. Ma perché metterlo in un istituto? Naturalmente garantisco io per un eventuale affido al dottore. Io e lui siamo amici da sempre.

Un'interpretazione magistrale. Non una parola sbagliata, lo sguardo fiero, i gesti controllati. Michele ebbe però l'impressione che Carlo non fosse l'unico a recitare un gioco delle parti: anche gli altri capivano che l'avvocato non dicesse solo verità, ma in ballo c'era il bene di Ayub. L'alternativa non era allettante: un istituto, con altri ragazzi sconosciuti e dal passato non sempre facile.

L'assistente sociale si impegnò a controllare settimanalmente l'inserimento del ragazzo sia a casa che a scuola.

– Sarà costantemente seguito – assicurò sorridendo a Carlo.

– Ci sono donne in casa? – chiese anche il giudice.

– La mia domestica – rispose Michele per una volta. – Viene due volte a settimana da quando mia moglie è morta, ma può tornare a farlo tutti i giorni.

Michele tenne il cellulare spento tutto il giorno, solo una volta telefonò a casa per avere notizie.

– Ha mangiato, ora siamo in terrazza – gli rispose Concetta. – Ha telefonato Paola, ma io non le ho detto niente di Antonio.

Antonio. Impossibile ormai toglierle dalla testa il nuovo nome.

Infine fu deciso. Ayub sarebbe rimasto con Michele e avrebbe frequentato la scuola in via dei Mergulensi, la stessa di Michele e Carlo da bambini. Nei giorni seguenti ci sarebbero stati altri fogli da firmare e problemi burocratici da risolvere, ma il più era fatto.

Carlo e Michele tornarono a casa la sera, quando il sole svaniva sul mare, pennellando la città di toni vermigli.

Ayub era seduto in soggiorno, con un libro tra le mani.

– *Il libro degli errori* di Gianni Rodari – lesse Michele.

– L'ho trovato in camera – quasi si giustificò Ayub.

– Sono i libri dei miei nipoti – gli fece un buffetto il dottore. – Li comprava mia moglie. Ti piace?

Ayub non poté rispondere perché Carlo rimproverò Concetta.

– Allora? Dov'è la tanto decantata pasta al forno? Noi siamo morti di fame, sai?

Michele rise. Bugiardo di nuovo. A Catania si era rimpinzato di cartocciate! Concetta però apparecchiò subito la tavola.

– Ho preparato pure le polpette e la torta – dichiarò orgogliosa.

Fu una cena allegra, con Carlo che interpretò la parte del leone, fingendo di corteggiare Concetta.

– Ho già un marito, avvocato, anche se senza starei meglio – rispose lei a tono. – Per non parlare di mia figlia a Milano.

Concetta aveva un'unica figlia che si era trasferita col marito al Nord, per lavoro.

– Non è a Milano, Concetta, ma a Como – specificò Michele.

– Como, Milano... Sempre Settentrione è! – sbuffò la domestica.

Ayub rise, anche se la fronte pareva solcata da pensieri avversi. Fu Carlo, ancora una volta, a spianargliela.

– Sei pronto ad andare a scuola? – gli chiese. – Se riusciamo a sbrigare tutto, dovresti cominciare la prossima settimana.

Ayub si voltò di scatto verso Michele che lo informò: – Rimarrai con me. Fino a quando non troviamo tuo fratello.

Ayub posò la forchetta. Forse non aveva capito bene.

– Qui? A dormire? Con lei, signor Michele?

– Con me e Pancotto – confermò Michele. – E Concetta, che verrà tutti i giorni, giusto?

La domestica confermò, con le lacrime agli occhi.

– Io... – balbettò Ayub. Il dottore continuò.

– E non chiamarmi *signor Michele*, non mi suona visto che abiterai qui. Hai la stessa età di Rafael, il maggiore dei miei nipoti: chiamami nonno Michele.

Concetta pensò di dire la sua.

– Pure a me, nonna Concetta. Mia figlia aspetta il secondo...

– Non provarci con me! – si ribellò Carlo. – Io non ho voluto marmocchi proprio per non diventare nonno! Io sarò zio Carlo.

Michele lo guardò storto.

– Il solito vanesio... – commentò poi, storcendo il naso.

L'avvocato capitolò.

– E va bene, nonno anch'io – sbuffò. Poi però puntò il dito su Ayub. – Ma solo quando siamo soli. In pubblico, zio Carlo!

Michele andò a letto intorno alle dieci, ma non si addormentò. Era stata una giornata incredibile, con tante emozioni contrastanti.

Accese la luce e dal comò la fotografia di Lisa gli sorrise, come sempre. Indossava un vestito turchese, il suo colore preferito.

Michele non ricordava quando fosse stata scattata quella foto. Forse per il battesimo di uno dei nipoti o per la laurea di Paola.

– È andata come avevi previsto sin dal primo momento, eh? – mormorò Michele. – Non sarà facile però: quella brava con i piccoli sei sempre stata tu. Dovrò abituarmi a un ragazzo in casa.

C'era poi la faccenda di Hakim, il fratello di Ayub. In Questura gli avevano spiegato che centinaia di extra-comunitari arrivavano a Cassibile tra aprile e giugno, per la raccolta delle patate.

– Come una carovana enorme che si sposta per tutto lo stivale secondo i raccolti – gli aveva detto l'agente. – Tornerà, forse...

Michele si alzò e aprì l'armadio di Lisa. La maggior parte dei vestiti non c'era più, Paoletta li aveva donati alla Caritas. Però permaneva il profumo della moglie.

Fiori. Fiori di tanti tipi, ma rose e gelsomini soprattutto.

Michele chiuse l'anta e tornò a letto. Prima di spegnere la luce, guardò di nuovo la foto di Lisa.

– Domani dovrò sbrigare una montagna di cose. Ayub non ha praticamente nulla. Vestiti, scarpe. E i libri per la scuola, i quaderni, gli album...

Agli album stava per crollare, ma trillò il telefono. Non fece in tempo a dire *pronto* che una voce concitata lo investì.

– Papà, mi hai fatto prendere una paura del diavolo!

Paola. Si era dimenticato di chiamare la figlia.

– Hai ragione, è che è stata... – balbettò confuso.

– Concetta poi mi ha fatto imbestialire con i suoi misteri – lo interruppe Paola. – Perché sei stato a Catania con Carlo? E chi è questo Antonio?

Michele alzò gli occhi al cielo: questo perché Concetta *non aveva detto niente*!

Per l'ennesima volta il medico fu dunque costretto a raccontare l'incredibile storia che gli era capitata.

Paola ascoltò attentamente, senza mai interrompere. Michele ebbe quasi paura che fosse caduta la linea.

– Paoletta? – chiese alla fine. – Sei ancora lì?

Un attimo di silenzio.

– Certo che sono qui, papà. Dove credevi che fossi?

Michele si preoccupò.

– Non dicevi niente...

– Senti, papà, fammi capire bene – troncò la figlia brusca. – Tu vuoi dirmi che hai raccolto un bambino africano per strada, poco lontano da casa mia, te lo sei portato dietro, lo hai fatto dormire nel letto di mio figlio e ora lo terrai con te?

– Un riassunto ineccepibile – poté solo confermare Michele.

Paola rimase zitta una decina di secondi, poi fece l'unica cosa che il padre non si aspettava facesse: scoppiò a ridere. Di gusto.

– Stai pensando che sono pazzo? – le chiese Michele ferito.

L'altra smise di botto di ridere.

– Sto pensando che sei un grande! Solo tu potevi fare una cosa così. Il mio papà.

Michele tirò un sospiro di sollievo: – Non pensi che sia pazzo?

– Certo che sì, ma i matti mi piacciono – rispose Paola. – Non vedo l'ora di venire. Magari per i Morti... con i ragazzi.

Stavano per salutarsi, quando a Michele venne in mente una domanda: – Paoletta, posso chiederti una cosa?

– Certo, papà.

– Perché hai riso in quel modo poco fa? Mi hai sorpreso.

Dall'altro lato, la figlia scoppiò a ridere di nuovo.

– Davvero non lo sai, papà? Mi sono immaginata la faccia di mio marito quando glielo racconterò! Sarà memorabile!

12. Primo giorno di scuola

Il primo giorno di scuola Ayub fu accompagnato da Michele e da Carlo. L'avvocato indossò per l'occasione una cravatta con dei cammelli: in onore, sottolineò più volte, dello stemma eritreo.

Nei giorni precedenti, tra le innumerevoli necessità, come comprare al ragazzo libri e vestiti, Carlo e Michele avevano trovato il tempo di informarsi sulla storia eritrea.

– Non hai idea di quanto mi sia vergognato con Ayub quando mi sono reso conto di sapere poco o nulla del suo paese – aveva confidato Michele all'amico. L'altro aveva arricciato il naso.

– Non sei il solo, eppure dovremmo, visto che si tratta di una ex colonia italiana – aveva ammesso Carlo. – Per fortuna abbiamo internet! Nel giro di poche ore, ne sapremo più di un'enciclopedia.

Michele aveva un vecchio computer in casa, ma non lo usava mai. Aveva imparato pochi rudimenti quando, in ospedale prima della pensione, molti medici avevano dovuto adeguarsi alle nuove regole informatiche. Lui lo aveva fatto, ma non si era affezionato a quello scatolone pieno di informazioni.

Carlo, al contrario, era un appassionato di informatica. Aveva anche due profili su facebook, uno professionale e l'altro personale, grazie al quale chattava ogni sera con illustri sconosciuti.

Con il computer portatile di Carlo avevano così scoperto che la situazione politica dell'Eritrea non era delle più invidiabili e che dal 2007 era stato classificato come il paese con la minore libertà di stampa per cinque anni consecutivi. Ricordavano entrambi che il piccolo Stato alla fine dell'ottocento era diventato una colonia italiana e lo era rimasto fino alla seconda guerra mondiale. Poi era stato federato all'Etiopia, con molti malcontenti che avevano provocato una guerra civile durata trent'anni.

Nel 1991 gli eritrei avevano raggiunto l'indipendenza, ma i problemi non erano finiti e una nuova guerra con l'Etiopia era scoppiata nel '98, per finire solo nel 2002.

– Qui c'è scritto che hanno lo stesso presidente dal '93, niente democrazia, servizio militare duro, prigione per i giornalisti, mortalità infantile alta, povertà diffusa, detenuti torturati, guerre di confine – osservò Carlo la sera prima che Ayub andasse a scuola. – Grazie che i ragazzi scappano rischiando la vita!

Ayub sorrise. – Uno dei motivi per cui si vuole diventare calciatori è che quando la nazionale va all'estero, molti giocatori ne approfittano per scappare.

Michele pensò fosse una battuta, poi Carlo controllò e scoprì che il ragazzo stava dicendo la verità: nel 2009 era addirittura scappata l'intera squadra, escluso soltanto l'allenatore.

– Eppure potrebbe essere un posto meraviglioso – commentò Michele guardando le fotografie di Asmara.

– Lo è – confermò Ayub. – E lo diventerà ancora di più.

Poi controllarono il meteo di Asmara e Ayub immaginò sua madre davanti alla finestra che osservava il cielo sereno con la fotografia tra le mani.

Ayub era sicuro che Carlo sarebbe stato capace di far ridere persino lei. Per questa ragione si era messo in testa di insegnare il tigrino all'avvocato, come aveva tentato di insegnare l'italiano ad Hakim qualche anno prima.

Anche quella sera ci provò, ma si arrese subito: proprio come il fratello, Carlo dimenticava le parole dopo pochi minuti.

– Avvocato, lei è una schiappa – lo prese in giro Concetta. – Altro che laurea! Neppure i numeri ha imparato. Ora glieli dico io.

– Me la voglio vedere tutta – ridacchiò Michele.

Invece, con una padronanza perfetta, la domestica senza la licenza media li stupì tutti. Nella propria lingua storpiava le parole, ma col tigrino era una bomba!

– *Hadde, kelete, seleste!* – sciorinò infatti fiera. – Significano uno due e tre. Invece *senui, selus* e *reboo* sono lunedì, martedì e mercoledì. È vero, Antonio?

Ayub annuì con un sorriso smagliante e lei gli porse un biscotto. Concetta stava trasformando il ragazzo in un porcellino all'ingrasso. Michele era spesso costretto a intervenire sulle porzioni giganti che la domestica gli rovesciava nel piatto.

– Antonio è troppo magro – si difese lei anche quella volta.

– Presto dovrò metterlo a dieta – ribatté il medico.

Carlo cliccò qualcosa sul computer: doveva rimediare alla magra figura di poco prima. E ci riuscì.

– Guarda che cosa ho trovato, Ayub – gridò quasi. Era così eccitato che tutti lo circondarono. – La tua scuola ad Asmara!

Era vero. Si trattava di NOI, il giornalino scolastico del Liceo di Asmara, con tante notizie sulle scuole italiane e gli avvenimenti salienti della vita degli studenti.

Le gite, la celebrazione dell'indipendenza, i contatti con l'Italia. Ayub riconobbe alcuni insegnanti.

– C'è un articolo sul laboratorio di ceramica! L'ho frequentato anch'io – indicò. – E il ragazzo di questa foto era in classe con me!

Michele e Carlo sfogliarono la rivista con interesse.

– È proprio una bella scuola! – ammirò Michele.

– Sembra migliore delle nostre... – confermò l'avvocato.

– Antonio starà bene pure qua – dichiarò fiduciosa Concetta.

La mattina seguente Ayub ingoiò la colazione in due bocconi, troppo agitato per capire di cosa si trattasse. Indossò un paio di jeans e una maglietta azzurra con la faccia di Bart Simpson, poi aspettò l'arrivo di Carlo assieme a Michele.

L'avvocato arrivò con un quarto d'ora di ritardo.

– Scusate, non trovavo la cravatta – si giustificò per poi aggiungere: – Tanto Ayub ha già perso dei giorni. Ora più, minuto meno...

– Un buon motivo per non fargli perdere altro tempo – lo fulminò Michele. L'altro però alzò le spalle.

– Mica è colpa mia se i documenti non arrivavano. Inoltre Ayub ne saprà il triplo dei suoi compagni messi insieme.

Non aveva torto. Ayub era stato iscritto alla quarta elementare, con stupore di Michele. E a nulla erano servite le sue proteste.

– Ma sono tutti più piccoli di lui di almeno due anni!

– Molti bambini stranieri vengono iscritti in classi con ragazzi più piccoli – gli aveva spiegato la dirigente. – In seguito vedremo...

– Sono molti i ragazzi come Ayub? – si era informato Carlo.

– Ormai siamo una società multietnica e la scuola è il luogo dove si nota di più. Però non ci sono altri eritrei: diversi magrebini, molti dall'Europa dell'est e cinesi. Due senegalesi e tre nigeriani, se non ricordo male, e numerosi rom – aveva sorriso la preside. Poi aveva preceduto la domanda successiva. – A volte non è facile gestire le esigenze di ragazzi provenienti da culture diverse. Il problema, più che loro, sono i genitori. I pregiudizi esistono, inutile negarlo, e il mondo purtroppo non è fatto solo di bambini.

Carlo non aveva perso l'occasione per citare uno scrittore che amava. Con un sorriso che aveva conquistato la preside.

– Ivan Turgenev diceva che la maggior parte delle persone non capiscono come gli altri si possano soffiare il naso in un modo diverso dal loro – aveva scosso la testa, per poi aggiungere: – Per fortuna si incontrano anche donne illuminate come lei...

– Non vediamo l'ora di avere il vostro ragazzo con noi – aveva ribattuto la signora diventando rossa.

La dirigente li aspettava nel suo ufficio, ma quando vide che c'era Carlo, non si lamentò del ritardo.

– Andiamo dai tuoi nuovi compagni – disse invece ad Ayub. – Le lezioni sono già cominciate.

Carlo andò loro dietro, nonostante Michele gli facesse segno di rimanere dov'era.

– Ti muovi? – lo rimproverò però l'avvocato. – Vuoi che Ayub conosca i compagni senza di noi?

Michele annuì: era esattamente ciò che voleva. L'altro però si fiondò dentro l'aula e prese, così disse in seguito, in mano la situazione, anticipando il discorsetto della dirigente.

– Buongiorno ranocchietti, voi non mi conoscete, eh! – esordì appoggiandosi alla cattedra. I bambini lo guardarono come se venisse da Marte, ma lui continuò imperterrito. – Vedete questo ragazzo qui con me? Si chiama Ayub e viene da Asmara, una città di cui lui vi parlerà di sicuro. Ogni volta ci fa due orecchie così su quanto è bella la sua città.

I bambini risero, compreso Ayub che però provò a protestare.

– Non è vero... Io non parlo solo di...

Carlo lo interruppe.

– Silenzio, non si interrompe mai un avvocato, non lo sai? – minacciò puntando l'indice. Anche Michele non poté fare a meno di ridere e Carlo continuò. – Comunque, volevo solo dirvi che Ayub ha vinto il premio di matematica per due anni di seguito, parla tre lingue ed è un asso a calcio. Inoltre è mio nipote: il che lo rende un marmocchio più unico che raro.

Molti ragazzi applaudirono e Ayub fece per sedersi all'ultimo banco, dove c'erano due sedie libere. Sembrava intimidito.

Un ragazzo bruno dal terzo banco gli fece però un cenno.

– Guarda che accanto a me il posto è vuoto – gli disse. Ayub non se lo fece ripetere e si sedette. L'altro lo scrutò da capo a piedi. – È vero che spacchi in matematica? Io faccio pena...

Ayub annuì con un mezzo sorriso: – Mi piace la matematica.

– Io la odio – sbuffò il compagno con una smorfia. Poi aggiunse: – Io sono Andrea. Come hai detto che ti chiami?

– Ayub. Ma qualcuno mi chiama Antonio.

L'altro ci pensò su.

– No, Ayub mi piace di più. È forte tuo nonno.

Ayub guardò Carlo con un sorrisetto furbo.

– Non è mio nonno, lui è mio zio – sottolineò quindi. – Mio nonno è l'altro, quello che parla poco.

Carlo gli indirizzò un segno di approvazione, fece il baciamano alla maestra sbalordita e spinse Michele fuori dall'aula.

– E anche questa è andata! – sbuffò l'avvocato non appena uscirono dalla scuola. – Adesso però andiamo al bar, ho proprio bisogno di un caffè. Che fatica fare i nonni!

Michele ridacchiò.

– Tu non sei il nonno. Sei lo zio!

13. Se ci impegniamo tutti

Il tempo trascorse veloce e Ayub sembrò ambientarsi nel migliore dei modi. A due mesi dal primo giorno di scuola, Michele e Carlo non facevano che parlare dei successi del ragazzo.

Persino il notaio ne fu conquistato.

A novembre, come gli aveva promesso, Paola tornò infatti in città con i figli e, inaspettatamente, si accodò anche il marito.

– Forse vuole controllare che Ayub non si porti via l'argenteria – commentò Michele acido.

Invece Ayub sciolse il cuore di ghiaccio del notaio che lo invitò a Cosenza per Natale.

– Così vedi com'è bella la Calabria! – gli disse.

Paola fu colpita dalla solarità del ragazzo e dai modi pacati.

– Sembra che abbia una luce dentro – disse a Michele. – Proprio come la mamma. Quanto le sarebbe piaciuto!

Rafael e Vanessa, poi, non volevano più partire alla fine della vacanza. Da quando era morta Lisa, era la prima volta che non chiedevano alla madre di tornare a casa il giorno dopo l'arrivo.

– Ayub, perché non vieni con noi? – gli chiese la piccola Vanessa con le lacrime agli occhi. – Quando è con i suoi amici, Rafael non gioca mai con me!

Ayub l'abbracciò forte: – Devo aspettare mio fratello Hakim. Sono qui per questo. Però ti prometto che, a Natale, verrò con nonno Michele!

Già, Hakim.

Ayub studiava, scherzava con Concetta, giocava a pallone, svolgeva i compiti, ballava con Andrea con la Wii, chattava con gli amici sul portatile che gli aveva regalato Carlo. Era simpatico al mondo e faceva tutte le cose di un normale ragazzo della sua età.

Ma il pensiero era sempre rivolto al fratello scomparso, ad Hakim, e alla sua ultima lettera da Cassibile. Ayub aveva chiesto alla sorella Amina di spedirne una fotocopia, per scoprire se c'erano indizi che potessero aiutarli. Ancora però non era arrivata.

Grazie al computer, riusciva a mettersi in contatto con Amina abbastanza spesso. La sorella andava in un negozio di Massaua e si collegava a skype quasi una volta a settimana. A volte portava anche Selam e per Ayub era una festa, perché la sorellina era una piccola peste. Ormai aveva otto anni, ma lui continuava a chiamarla *anceuà*, topo.

Selam gli chiedeva quando sarebbe tornato a prenderla e lui le rispondeva sempre: – Presto, intanto fa' la brava!

Michele riuscì anche a parlare con una suora italiana dell'ospedale dove viveva Soliana, la mamma di Ayub. Le sue condizioni non erano migliorate e lei continuava a non parlare.

– Sembra spenta – informò la suora. – Le ho detto che Ayub sta bene, ma lei continua a mugugnare la sua strana canzoncina.

Ayub era più grande degli altri compagni di classe di parecchi anni, ma questo non gli impedì di diventare amico di tutti.

Fu anche subito evidente che era molto più avanti negli studi, ma lui non parve curarsene. Svolgeva i compiti e poi studiava da solo, grazie a internet e ai libri che riempivano la casa dove viveva, soprattutto quelli di argomento scientifico. Se non capiva qualcosa, chiedeva a Michele che gli rispondeva di buon grado.

– Ti piacerebbe fare il medico? – gli chiese una volta l'uomo.

– È presto per pensarci e gli studi di medicina costano – rispose Ayub pratico.

Poi, ai primi di dicembre, accadde un episodio spiacevole.

La classe di Ayub era variegata, tra i bambini c'erano sia i ricchi che i poveri: specchio del quartiere, dove i palazzi aristocratici confinavano con i tuguri dei vicoli fatiscenti.

C'era anche una bambina rom, Màlena, che abitava nel campo nomadi dei Pantanelli. Ayub l'aiutava in italiano, proprio come era la colonna di Andrea in matematica.

Il più antipatico dei compagni di classe era Pierferdinando, che si dava un sacco di arie perché era figlio di una deputata. Anche con Ayub all'inizio aveva esagerato con le battutine, ma una telefonata di Carlo alla madre gli aveva fatto cambiare atteggiamento.

Una mattina Pierferdinando venne a scuola con la madre che strillava perché qualcuno aveva rubato il cellulare del figlio.

– Appena comprato e costato un occhio! Pretendo che si perquisiscano le cartelle dei compagni. Questo succede quando si mischiano i mascalzoni con la gente perbene.

Il cellulare non fu trovato ma, davanti a mezza scuola, l'onorevole deputata accusò Màlena. La bimba scoppiò in lacrime e scappò via senza neppure entrare nell'edificio.

– Màlena, torna qui. Lo so che non sei stata tu!

Ayub provò a fermarla, ma suonò la campanella e fu costretto a entrare in classe. Non riuscì a sorridere per tutto il giorno e la sera raccontò la vicenda a Carlo e Michele.

– La solita storia! C'è un rom, allora a rubare è stato lui – si arrabbiò l'avvocato. – Senza prove. Ci sarebbero gli estremi della diffamazione. Tu che ne pensi, Ayub?

– Sono sicuro che Màlena non c'entra e che Pierferdinando ha perso il telefonino – rispose lui. – Oppure lo ha rotto e non ha il coraggio di dirlo. Non gli importa di ferire qualcuno!

Màlena tornò a scuola il giorno successivo e Ayub le regalò il disegno di un topolino.

– Mi ricordi la mia sorellina, che io chiamo *anceuà*, topo nella mia lingua – le spiegò, facendola sorridere.

– Nella mia invece si dice *misjako*! – lo ringraziò lei.

Furono interrotti proprio da Pierferdinando che chiese ad Ayub di aiutarlo in matematica.

– La maestra mi ha detto che devo rifare il compito.

– Hai una penna rossa? Così ti correggo gli errori – accettò Ayub anche se il compagno non gli era simpatico.

– È nel mio portacolori. Prendila – rispose l'altro sbuffando.

Che sorpresa! Nel portacolori non c'era solo la penna rossa, ma anche i resti del telefonino scomparso. Ayub aveva visto giusto!

– Ora tu e tua madre dovete chiedere scusa a Màlena! – gridò Ayub mostrando il telefonino rotto a tutti.

Pierferdinando provò a strapparglielo, scoppiò una baraonda e la preside, nel giro di un'ora, oltre alla madre di Pierferdinando convocò anche Carlo e Michele.

L'avvocato si dichiarò subito d'accordo con Ayub.

– Se la signora deputata e il degno figliolo non chiedono scusa alla bimba, sarà sporta denuncia per diffamazione.

Con aggravante per atteggiamenti razzisti – sibilò con lo sguardo di un cobra. Poi sorrise. – Naturalmente l'avvocato di Màlena sarò io...

Non ci fu nulla da fare. Pierferdinando e la madre chiesero scusa a Màlena davanti all'intera classe.

Concetta fu l'unica a non esultare.

– E se ora quel bugiardo se la prende con Antonio? – aggrottò la fronte. Poi prese il barattolo del sale e ne gettò una grossa manciata su Ayub. – Contro i *fitusi jettaturi*.

– Dottore, c'è la detergente al telefono!

Michele si avvicinò alla cornetta seccato. Aveva detto mille volte a Concetta di non passargli le chiamate di chi voleva vendergli qualcosa. Dei detersivi poi!

– Pronto! – rispose in tono sbrigativo.

– Buongiorno dottore, sono la dirigente della scuola di Ayub.

La *detergente*. Michele fulminò Concetta come se volesse ucciderla, ma l'altra gli rimandò uno sguardo innocente che ribadiva il consueto: – E io che ho detto?

– Mi scusi, preside, non avevo capito – si affrettò a balbettare. – Mi dica, è successo qualcosa?

Dall'altro lato la donna ebbe un attimo di indecisione.

– Preferire parlarle di persona.

Michele non se lo fece ripetere.

– Sto arrivando.

Per l'intero tragitto fino a scuola il medico si chiese cosa potesse essere capitato per essere convocato così di fretta.

– Che hai combinato, Ayub? Perché la preside vuole vedermi? Finora è andato così bene... – rimuginò. Poi pensò ai timori di Concetta. – Forse il figlio della politicastra si è voluto vendicare.

Mancavano dieci giorni a Natale, ma il freddo tardava ad arrivare. A metà strada Michele si accorse di non avere indossato il soprabito, ma non tornò indietro: l'ansia era troppo forte.

La cordialità con cui però lo accolse la preside gli spazzò via il disagio. E la curiosità prese il sopravvento.

– Ayub ha mancato in qualcosa? – chiese. Poi però abbassò il tiro. – Sa, è solo un ragazzo, forse pretendiamo troppo da lui...

La preside scoppiò a ridere.

– Ha ragione, forse pretendiamo troppo – disse infine. – E quello che sto per chiederle è pretendere ancora di più...

– In che senso? Che deve fare Ayub?

La preside diventò seria di colpo.

– Senta, dottore, sono stata io a decidere di iscrivere Ayub alla quarta – sospirò. – Ma il ragazzo ha già frequentato una scuola, per di più un'ottima scuola italiana, quindi è inadatto alla classe.

Michele stette zitto, anche se l'espressione parlò per lui.

– Lo so, dottore, che lei lo aveva detto, ma io devo seguire le procedure – replicò la preside.

Michele non infierì.

– Dunque pensa di passarlo alla quinta o alla prima media? – chiese invece.

La donna lo guardò dritto negli occhi.

– Senta, dottore, Ayub è molto intelligente, volenteroso e bravo. Io sono convinta che, se ci impegniamo tutti...

Michele cominciò a capire.

– Gli altri docenti sono d'accordo – concluse la preside. – Se ci impegniamo tutti, Ayub potrebbe superare gli esami di terza media!

14. È arrivato l'ambasciatore

Michele e la preside chiamarono Ayub per comunicarglielo, ma la reazione del ragazzo fu meno entusiasta delle attese.

– Quindi devo cambiare classe? – chiese senza sorridere.

Michele pensò che fosse dispiaciuto di cambiare i compagni.

– Sì, ma rimarrai in questa scuola di mattina, fino alla fine, anche se poi ti presenterai da esterno – si affrettò a tranquillizzarlo.

La faccia di Ayub però restò perplessa e la preside si incuriosì.

– Cosa non ti convince, Ayub?

Il ragazzo tentennò.

– È che con gli altri stiamo preparando una cosa per Natale... Non la devo fare più?

Michele scoppiò a ridere. Era per quello dunque!

– Tranquillo, Ayub, farai lo spettacolo e cambierai classe dopo Natale – gli disse quindi. – Per nessuna ragione al mondo ci perderemo la vostra esibizione. Qualunque essa sia!

Nella classe di Ayub si stava organizzando uno spettacolo di Natale a gruppi di cinque ragazzi, pensato tutto da loro. Sarebbe stata una sorpresa anche per le insegnanti che non sapevano cosa stessero escogitando i bambini. L'unica condizione era che il termine massimo di ogni numero sarebbe stato di sei minuti.

La casa di Michele era diventata il quartier generale del gruppo di Ayub, anche se i ragazzi mantenevano il segreto pure con lui. Solo Concetta faceva parte del piano, grazie alla sua abilità di sarta. Michele l'aveva trovata una mattina che armeggiava con la macchina da cucire di Lisa, inattiva da un po'.

– È per lo spettacolo di Antonio – aveva spiegato misteriosa.

Del gruppo di Ayub facevano parte l'immancabile Andrea, Màlena e due gemelle, Sara e Marianna, la cui bisnonna viveva a Roma, ma era nata ad Asmara alla fine degli anni Venti ed era tornata in Italia dopo la guerra.

– Ha quasi novant'anni, ma ne dimostra venti di meno – raccontò Marianna un pomeriggio. – Verrà a trovarci per Natale.

– Così vedrà il nostro spettacolo e conoscerà Ayub – finì Sara.

C'era anche Carlo quella sera che provò a corrompere i ragazzi per assistere allo spettacolo in anteprima.

– Vi porto tutti al cinema – promise. – E vi annego nei popcorn.

I ragazzi però non si lasciarono convincere e lui si arrese.

– Che antipatici! Vuol dire che al cinema andrò con quel... come si chiama... Piercappero! – ridacchiò.

Poi cambiò idea. – E va bene, vi ci porto lo stesso, però alla recita voglio il posto in prima fila. Accanto alla bisavola delle gemelle!

– Bisavola? – ridacchiò Michele. – Ma dove l'hai trovata questa parola?

Come aveva richiesto, Carlo ebbe il posto in prima fila accanto alla bisnonna delle gemelle la mattina dello spettacolo.

L'aula magna della scuola traboccava di persone, ma i ragazzi dovevano fare in fretta perché ogni classe aveva a disposizione solo un'ora. I gruppi della classe di Ayub erano cinque, dunque in mezzora avrebbero dovuto sbrigarsi.

Al terzo gruppo Carlo cominciò ad agitarsi.

– Ma chi me l'ha fatto fare? – sussurrò a Michele. – Sembrano fatti con lo stampino. Ma qualcosa di originale, no?

Fino a quel momento tutti i gruppi avevano rappresentato la scena della natività cantando canzoni arcinote.

– Che ti aspettavi? – ribatté Michele. – Siamo a Natale, mica possono ballare la samba!

– Magari! Se Ayub fa la stessa cosa, stasera lo scortico – sbuffò Carlo. Poi aggiunse: – Ma sei sicuro che la nonna delle bambine sia viva? Non si è mossa da quando è iniziato. Forse è imbalsamata...

Michele diede una gomitata all'amico e di sottecchi guardò la signora. Carlo si sbagliava, era viva e vegeta. Elegante e raffinata. Anche lei, però, appariva annoiata a morte.

Finalmente terminò anche il quarto gruppo con un'altra scena della natività. Ne faceva parte anche Pierferdinando come uno dei re magi. La madre applaudì con foga.

– Come somaro avrebbe fatto meglio – ridacchiò Carlo.

L'anziana signora accanto gli fece un mezzo sorriso, ma Michele richiamò la loro attenzione.

– Zitto, tocca ai nostri – sussurrò contento.

I cinque ragazzi spuntarono da dietro un lenzuolo e si capì subito che il numero era diverso dagli altri.

Erano vestiti in modo strano: Andrea da eschimese, Marianna da giapponese e Sara da spagnola. Màlena indossava un'elegante gonna ricamata e portava una rosa tra i capelli. Ayub era vestito di bianco, con un abito che si indovinava subito come africano.

Fu lui a intonare la prima strofa di una canzone che la maggior parte dei presenti non aveva mai sentito.

È arrivato l'ambasciatore
Con la piuma sul cappello
È arrivato l'ambasciatore
A cavallo di un cammello.

La seconda strofa fu cantata da Andrea.

Ha portato una letterina
Dove scritto sta così:
"Se mi piaci, Ninì, Ti darò tutto il cuor".
È arrivato l'ambasciator.

Poi, insieme, toccò alle gemelle.

Belle bimbe dagli occhi sognanti
Che aspettate il più tenero amor,
dischiudete finestre e balconi
E intonate le liete canzoni.

Quindi Màlena fece sentire la propria voce.

È arrivata per voi la fortuna,
Se ascoltate vi dico cos'è.
Una rosa mettetevi in testa,
Vestitevi a festa e cantate con me.

Al ritornello accadde qualcosa che nessuno si aspettava. Carlo e la nonna delle gemelle si misero a ballare al tempo di quella canzone che ricordava un valzer. E alla fine non c'era una persona, in tutta la palestra, che non si spellava per applaudire.

Ayub fece segno di far silenzio. Doveva dire qualcosa.

– Abbiamo scelto questa canzone perché se la ricordava la mia mamma che vive ancora ad Asmara – esordì con la voce che gli tremava. Andando avanti si fece però più sicura. – Qualcuno può pensare che non sia adatta al Natale, ma per noi lo è. In questa scuola tanti ragazzi, come me, vengono da posti lontani e noi ci sentiamo tutti ambasciatori. Per questo ci siamo vestiti con abiti di altri paesi. Io indosso il *kidan habesha*, che è tipico dell'Eritrea. E vi auguro buone feste nella mia lingua: *Rehus Beal Ledeats*.

Il pubblico stava per applaudire, ma Màlena li interruppe.

– Io ho il vestito che ho messo per il matrimonio di mio cugino – disse arrossendo. – E auguro a tutti, nella mia lingua, *Bachtalo krecunu Thaj, Bachtalo Nevo Bers*!

Quindi si intromise Andrea.

– Io sono vestito come un eschimese! E vi dico, in inuit, *Jutdlime pivdluarit, ukiortame pivdluaritlo*!

– E io dal Giappone vi auguro *Shinnen omedeto, Kurisumasu Omedeto* – aggiunse Marianna. Fu Sara a concludere.

– In spagnolo non è così difficile e lo capirete meglio: *Feliz Navidad y próspero Año Nuevo*!

Infine gridarono, tutti insieme.

– Buon Natale a tutti!

La palestra parve crollare per gli applausi e persino la deputata si congratulò con il gruppo, Màlena compresa.

– Mi avete fatto stringere il cuore – squittì con una smorfia.

– Se ce l'ha, un cuore! – ridacchiò Carlo, fiero come se l'idea del numero fosse opera sua.

La bisnonna delle gemelle abbracciò Ayub con gli occhi lucidi.

– Era una delle mie canzoni preferite e la cantavo sempre ad Asmara. Mi hai riportato indietro di tanti anni, a quando avevo la tua età, più o meno – sospirò tra i sorrisi. – E tu sei davvero un ambasciatore. Un ambasciatore di gioia.

Michele la sentì e ripensò alla notte che aveva raccolto il ragazzo. Ai dubbi, alla paura. Lo rivide in un barcone affollato, lo immaginò tra le sabbie di un deserto senza vita.

Ambasciatore? Forse. Ma per lui era stato qualcos'altro.

Ayub gli aveva ridato il gusto di vivere.

15. Gli invisibili

A Natale Michele e Ayub non andarono a Cosenza, perché Paola tornò a Siracusa con la famiglia, come ai tempi di Lisa. Dal garage furono riesumati gli addobbi e le statuine che per due anni erano stati riposti in una vecchia cassa.

Ayub ricevette molti regali e la notte di Natale, in chiesa, strinse la mano di Michele per l'intera messa, quasi avesse paura di perderla. Paola spedì un pacco enorme a Massaua, per Selam e i figli di Amina.

– Speriamo che arrivino! – sospirò Michele mentre tornavano a casa. – Ci sarebbe costato meno portarli di persona.

– Ci abbiamo provato, papà – rispose lei prendendolo a braccetto. – Ricordi cosa diceva mamma? *Pensa positivo!*

– Lo dice anche il cantante Jovanotti – rimarcò Ayub. E si mise a cantare, seguito a ruota da Rafael e Vanessa.

Poi arrivo il 27 gennaio, il giorno della Memoria, e Ayub celebrò le vittime della Shoah a scuola. Rimase turbato tutto il giorno e la sera rimase per un bel pezzo davanti alla finestra, guardando il mare che mugghiava.

– Cosa c'è, Ayub? – gli chiese Michele.

Il ragazzo lo guardò con un'espressione triste.

– Nonno, voglio chiederti una cosa. Io oggi dovevo pregare solo per i bambini ebrei o per tutti? – domandò lentamente.

Michele non ebbe dubbi.

– Per tutti. Certo, quello che è capitato a loro è terribile...

– Sì, lo so – annuì Ayub. – Ma io ho pensato anche ai miei fratelli nei campi in Libia, dove finiscono quelli che sono rimandati indietro dall'Italia o vengono fermati prima di imbarcarsi. Sai che paura quella di essere presi? Io avevo meno paura della barca che di finire in uno di quei campi.

– Conosci qualcuno che c'è stato? – rabbrividì Michele.

– Sì, Rashid – rispose Ayub. – Lui aveva già provato il viaggio prima di farlo con me e zio Osman. Solo che gli andò male e fu rinchiuso per quattro mesi ad Al Gatrun, nel deserto, con migliaia di persone. Di notte moriva di freddo, di giorno di caldo e gli davano da mangiare ogni due giorni. In quei campi ci sono anche dei bambini. E tanti non tornano più.

Michele sospirò.

– Hai fatto bene a pregare per tutti – disse infine. – Ti va se accendiamo una candela davanti alla finestra? Nonna Lisa lo faceva sempre quando voleva ricordare qualcuno. Accendiamola per tutti i bambini, di ieri e di oggi.

Ayub annuì e sorrise quando la fiamma tremolante rischiarò le gocce di sale che punteggiavano il vetro esterno.

– Nonno? – chiese infine. – Tu credi che prima o poi dedicheranno un giorno agli africani morti per venire qui?

Michele gli diede un buffetto.

– Non lo so, Ayub. Ma spero di sì.

Da Asmara giunse finalmente la fotocopia dell'ultima lettera in cui Hakim raccontava di essere a Cassibile. Nella busta c'erano anche alcune fotografie che Ayub mostrò a Michele con gioia.

La prima era una grande fototessera che raffigurava un ragazzone che sorrideva. Somigliava incredibilmente ad Ayub.

– È Hakim, nella sua foto per la scuola – spiegò Ayub.

– Che ragazzone! – commentò Michele. – Quanti anni aveva in questa foto?

– Quando lasciò Asmara aveva 17 anni, non voleva fare il militare ed era convinto che qui avrebbe fatto la sua fortuna. Sarà cambiato adesso, sono passati quasi cinque anni – sospirò Ayub per poi mostrare le altre foto. Una lo ritraeva con altre persone con un porto sullo sfondo. – Qui siamo a Massaua, quando andammo prima che Hakim sparisse. Questa è mia mamma, lui è mio cognato Hamid e questo è zio Osman. Lei è Amina, la mia sorella maggiore, e questa è il mio topo, Selam. Non è bellissima?

La foto di Hakim fu utile perché Michele poté chiedere in giro se qualcuno lo avesse mai visto. Nessuno però ne sapeva nulla, come se il fratello di Ayub fosse stato inghiottito dal nulla.

Un ragazzo tunisino però lo rincuorò: – In questo periodo non ci sono eritrei a Siracusa. Per questo non lo trovi. Aspetta le patate.

Michele capì presto che il ragazzo aveva ragione, ma questo non gli impedì di continuare a cercare.

C'erano tante persone di cui fino a qualche mese prima ignorava l'esistenza. Da quando Ayub era entrato nella sua vita, il medico aveva scoperto un lato della città inaspettato.

Mense in molte parrocchie, case alloggio, giovani volontari che di notte andavano in giro sfamando i poveri.

Michele diventò amico di un sacerdote che gestiva una mensa per persone in difficoltà, tra cui tanti africani. Un giorno Michele si stupì del loro numero.

– Non pensavo fossero così tanti. Ma dove vivono?

– Un po' ovunque, in vecchie case cadenti, capannoni solitari – alzò le spalle il prete. – Lavorano al mercato, puliscono i vetri dei negozi e tra un po' comincerà il lavoro in campagna. Allora verranno da tutte le parti d'Italia, almeno in cinquecento.

– Ma perché io così tanti non ne ho mai visti? – dubitò Michele.

– Fanno di tutto per non farsi notare. Più sono invisibili, meglio è – rispose il prete.

Per Michele diventò un'abitudine, tornando dalla spesa settimanale al supermercato, passare con Ayub dal prete per consegnargli una busta per la mensa.

Il prete li ringraziava sempre con la stessa frase.

– San Basilio diceva: "*Il pane che a te sopravanza è il pane dell'affamato*".

Un giorno trovarono anche una signora con una strana storia.

– È tornato, padre. Stanotte è tornato l'Angelo!

Ayub si incuriosì. – Chi è l'Angelo?

– È una persona in carne e ossa, solo che non si sa chi è – rispose il prete mentre la donna scuoteva la testa, in palese dissenso con lui. – Una volta al mese si reca di notte nei palazzi di periferia e lascia una busta piena alle famiglie più povere. La cosa singolare è che sa esattamente chi sono le persone che hanno bisogno in quel momento. Forse fa parte di un'associazione... Però nessuno ne conosce l'identità, perché non si fa scoprire.

– Nessuno lo ha mai visto perché è un angelo – ribadì però convinta la signora.

Ayub sorrise. – Angelo o no, meno male che c'è!

Ayub tradusse per Michele la lettera di Hakim e la sera il medico la lesse al telefono alla figlia. Era febbraio inoltrato e le giornate cominciavano ad allungarsi.

Cara mamma, Ayub e Selam,
sono da poco arrivato a Cassibile. Prima sono stato a Rosarno, però qui mi piace di più. Abbastanza vicino c'è il mare, ad Ayub piacerebbe. Io sto bene e vi mando i soldi guadagnati lavorando in discoteca. Ci sono un sacco di ragazze che vorrebbero ballare con me, ma io voglio una moglie bella come mamma e fingo che non esistano. Però non vedo l'ora di diventare ricco per farvi venire qui. Comprerò una casa grande e vicino al mare, con un giardino dove mamma potrà sedere ogni sera a raccontare le favole a Selam. In questo paese la gente è felice, hanno tutti la macchina grande e i bambini giocano dalla mattina alla sera. Vi porterò qui un giorno, ve lo prometto. E staremo finalmente tutti insieme.
Hakim

Alla fine della lettera, Paola rimase in silenzio.
– Paola, non dici niente? – si preoccupò il padre.
Dall'altro lato giunse un lungo sospiro.
– Non voleva farli preoccupare. Secondo me, non è neppure mai entrato in una discoteca italiana.
Michele confermò. – Questo ormai l'ha capito anche Ayub.
– Povero ragazzo. Speriamo non gli sia capitato nulla di male.
Michele non sapeva cosa pensare. Era davvero passato troppo tempo senza che il fratello di Ayub desse notizie.
– Non so cosa dirti, Paoletta. La raccolta delle patate comincia ad aprile. Non manca molto, ormai.

Pioveva a dirotto da giorni e soffiava un vento fortissimo. Impossibile aprire le finestre e uscire da casa dal portone sul mare. Si sarebbe rischiato di volare via, come Dorothy nel *Mago di Oz*.

Michele non riusciva a dormire, anche perché di tanto in tanto qualcosa sbatteva sopra le imposte chiuse: tavolini e sedie di plastica, cartoni, immondizia, brandelli di piante che il vento sbatacchiava dal cielo alla terra, in una danza selvaggia.

– Speriamo che gli scuri resistano – si alzò Michele. – Nell'ultima brutta tempesta di marzo, il vento ne ha divelto uno!

Andò in cucina e si versò un bicchier d'acqua. La sera prima avevano mangiato la parmigiana e forse lui aveva esagerato.

– Il mio stomaco non è più quello di una volta.

Un grido dalla camera di Ayub scacciò via ogni pensiero.

– No, mamma, no! Non lasciarmi!

Poi gridò un'altra frase, questa volta in tigrino. Michele non capì il significato, ma ne intuì la disperazione.

Di corsa si diresse nella stanza di Ayub e accese la luce. Il ragazzo spalancò gli occhi e smise di gridare. Tremava come una foglia, ma era bagnato di sudore.

– È stato solo un incubo, Ayub. Un brutto sogno – gli si sedette accanto Michele. – Dai, vado a prenderti un bicchier d'acqua.

Ayub gli afferrò la mano.

– No, non te ne andare, nonno Michele.

Per fortuna spuntò Pancotto, che saltò sul letto e si mise a fare le fusa.

– Hai visto? C'è Pancotto – rise Michele. – Un gatto non andrebbe mai dove c'è pericolo.

Ayub accarezzò il micio.

– Grazie nonno, è passato. Ma è stato orribile.

– Se non vuoi dirmelo, non fa niente – lo tranquillizzò Michele.

Ayub però scosse la testa. Non voleva tenerselo per sé.

– Ero nel barcone per l'Italia e c'erano anche mamma, papà e Hakim. Le onde sono però diventate altissime e papà è caduto in acqua. Poi è caduto Hakim e io non ho potuto fare niente per loro. Poi anche mamma stava per cadere, ma io l'ho presa per un braccio e l'ho tenuta stretta. Solo che il mare continuava a colpirmi e io mi sentivo stanco. Poi mi sono svegliato...

Michele lo abbracciò.

– Stai tranquillo. Qui siamo al sicuro.

L'uomo aspettò che il ragazzo si addormentasse, spense la luce e tornò in camera. Aprì l'armadio della moglie perché il profumo di fiori gli placasse i pensieri.

Poi andò in soggiorno, davanti alla finestra sul buio.

Ayub sembrava felice, rideva, giocava come gli altri ragazzi. Ma si portava dentro un carico infinito di brutti ricordi.

– Ne parlerò con l'assistente sociale – si disse il medico. – Forse abbiamo sopravvalutato la sua forza. È solo un ragazzino.

I fari di un'auto illuminarono per un attimo il mare gonfio. I lampioni erano spenti, la tempesta li aveva mandati in tilt.

Michele sperò che nessuno si fosse messo in mare quella notte. Non i pescatori, non i marinai. Non i disperati che giungevano dalla costa opposta alla sua.

Come Hakim. Come Ayub.

16. Dov'è Hakim?

– Non può essere, non è possibile!

Una tendopoli sotto gli alberi, lunga, disordinata. Fili di corda tra un tronco e l'altro, con indumenti appena stesi. Maglioni, giubbotti, calze, slip. Appartenenti solo a uomini dalla pelle nera.

Michele non credette ai propri occhi quando un volontario lo condusse nel campeggio improvvisato.

– Questa tendopoli viene allestita ogni anno, ma non si vede dalla strada. Le condizioni igieniche non sono granché, ma almeno ci sono i bagni chimici e la polizia fa un servizio di sorveglianza – spiegò il ragazzo alla sua faccia incredula. – Però solo i regolari che hanno un contratto di lavoro, circa centocinquanta, vivono qui. Molti altri, clandestini o che lavorano in nero, dormono dove capita, nei campi, in casolari abbandonati, senz'acqua o luce.

Nel corso della propria vita, Michele era transitato per Cassibile migliaia di volte. Il paesino si trovava infatti tra Siracusa e Avola Antica, dove lui aveva una casetta in campagna.

– Sapevo che c'era una moschea qui, ma non pensavo che un paesino tanto piccolo diventasse così multietnico – si stupì Michele.

– Cassibile conta cinquemila residenti, di cui ben trecento provenienti dal Marocco. In questo periodo però gli stranieri si moltiplicano e non sempre la convivenza è facile – lo informò il ragazzo. Poi cambiò discorso. – Non so se troverà migranti disposti a parlarle. Sono abbottonati, non vogliono guai. E se al ragazzo è successo qualcosa di brutto, nessuno vorrà denunciarlo, specie se è stato sul lavoro. Hanno paura della legge, pensano che la loro parola non valga niente contro quella di un italiano.

Il ragazzo distribuiva un foglietto quadrato scritto in più lingue e con un numero verde. Diceva: *Se cerchi protezione hai un buon numero di diritti*.

La prima volta Michele andò da solo ma capì subito che, con la fotografia di Hakim in mano, suscitava nei migranti solo diffidenza. Preferì dunque tornare con Ayub, ma non ebbe miglior fortuna. Neppure gli eritrei del campo riconobbero il ragazzo scomparso.

Uno di loro però aveva notizie di Osman, lo zio di Ayub.

– Fino a gennaio è rimasto alla Romanina. Poi se n'è andato. Ha detto che voleva provare in Svizzera. Però è riuscito a ottenere lo status di rifugiato, anche se era scappato da Crotone.

– Cos'è la Romanina? – chiese Ayub.

– È un quartiere di Roma – gli rispose l'altro. – C'è un palazzo di sette piani occupato da noi africani. Più di seicento, tra eritrei, etiopi, somali e sudanesi. Tutti rifugiati, quasi tutti senza lavoro.

– A Roma... – mormorò Ayub. Forse pure Hakim era stato lì, aveva visto la città dei suoi sogni.

– Tuo fratello qui non c'è – gli disse il ragazzo eritreo. – Però potrebbe essere in una vecchia casa qua vicino, dove stanno in tanti. È sulla stradina dopo questa, sulla sinistra. C'è un cancello arrugginito, che sembra chiuso ma non lo è.

Michele si intromise tra i due che parlavano in tigrino.

– È molto duro qui? Vi pagano bene?

– Ci danno 35 euro al giorno quando va bene e dobbiamo riempire almeno 100 cassette di venti chili l'una – rispose l'altro. – Non so che significa, per lei, p*agare bene*!

Michele e Ayub andarono nel casolare la sera stessa e trovarono una decina di ragazzi che mangiavano attorno a un fuoco. Era aprile, ma di notte faceva freddo.

Nessuno di loro aveva visto Hakim e quando Ayub sottolineò di non avere notizie del fratello da anni, quelli si strinsero nelle spalle.

– Potrebbe essere ovunque, allora. È passato troppo tempo.

Michele scoprì che, dal lunedì pomeriggio fino al venerdì, l'associazione Emergency allestiva un ambulatorio mobile dove alcuni volontari fornivano assistenza medica ai migranti.

C'era anche un giovane medico che, quando vide Michele, gli corse incontro con la faccia felice.

– Dottore, pure lei qua! – gli strinse la mano con forza. – Un medico con la sua esperienza è quello che ci vuole. Un maestro, per tutti noi. Però non sapevo che facesse volontariato...

Michele scoppiò a ridere.

– Non lo sapevo nemmeno io. Ma se posso dare una mano...

Le diede entrambe, alla fine. L'ambulatorio mobile non c'era infatti nei fine settimana e Michele decise di predisporne uno in una casetta di Carlo, poco lontano dalla tendopoli. L'amico l'aveva ricevuta in eredità da uno zio che non ricordava con piacere.

– Un tipo impossibile, lo zio Manfredi! – rabbrividì nel nominarlo. – Viscido, odioso, sempre con un sigaro puzzolente acceso. E come se non bastasse, pure cacciatore. Usava quelle tre stanze quando andava a caccia, il sanguinario. Prendila tu, è meglio.

Ben presto tra i migranti si sparse la voce di un medico che visitava il sabato e la domenica pomeriggio assieme a un bambino africano che cercava il fratello.

Ayub ormai non mostrava più la foto soltanto agli eritrei, ma a tutti. Qualcuno infine lo riconobbe.

– Sì, l'ho visto. Siamo stati insieme a raccogliere le arance a Scordia, ma è stato almeno tre anni fa – ammise alla fine un ragazzo etiope. Aveva una brutta tosse e Michele gli diede alcune pillole. Si era messo d'accordo con un collega e i campioni di medicine non gli mancavano.

– Torna sabato prossimo – gli disse infine. – Voglio controllarti.

Prima di andarsene, il ragazzo etiope strinse la mano al medico e fece una promessa ad Ayub. – Spargerò la voce su tuo fratello. Scopriremo che cosa gli è capitato. Ci vediamo sabato.

– Come ti chiami? – gli chiese il ragazzo.

– Meles – rispose l'altro.

– Ci vediamo sabato, Meles.

Per Ayub fu una lunga settimana. Studiò di malavoglia, mangiò senza appetito. Era evidente che i suoi pensieri erano altrove.

– Stai male, Antonio? – si preoccupò Concetta. – Non avevi mai lasciato la mia torta di mele.

– Non ho fame – tagliò corto lui e Michele fece cenno alla donna di non insistere.

– Ayub ha paura – le disse poi, quando il ragazzo uscì per andare dal prof di matematica. – Paura di sapere e di non sapere. Qualsiasi cosa sia successa al fratello, potrebbe cambiargli la vita.

– Ma quando trova il fratello, Antonio deve andarsene con lui? – si allarmò Concetta. – Ora che si sta trovando così bene con noi?

Michele guardò la domestica con occhi tristi. Anche lui si poneva la stessa domanda. Da molto tempo.

– Non lo so, Concetta. Intanto aspettiamo sabato, quando il ragazzo etiope ci darà notizie. Poi si vedrà.

Il sabato successivo però Meles non si fece vedere. E neppure la domenica. Ayub non riuscì a nascondere la delusione.

– Aveva detto che sarebbe tornato per darmi notizie di Hakim – si lamentò con Michele. Il medico si strinse nelle spalle.

– Forse sta lavorando anche oggi o forse non ha saputo nulla – provò a congetturare. – Magari verrà sabato prossimo...

Neppure il sabato successivo Meles tornò in ambulatorio. E neanche la domenica. Però mentre stavano tornando a casa con l'auto, Ayub lo vide in fila alla fontana con due taniche di plastica. Aspettava di fare rifornimento d'acqua.

– Nonno, è lui! Sono sicuro. Torna indietro!

Michele fece inversione e si diresse alla fontana. Quando arrivarono, Meles stava riempiendo la seconda tanica.

Non appena li vide, la sua faccia si riempì di terrore. Abbandonò tutto e cominciò a correre a perdifiato verso i campi.

Michele lo seguì con la macchina fin dove poté, poi lui e Ayub scesero dall'auto e si misero a correre a loro volta.

Non avrebbero però mai preso il fuggitivo, se non fossero intervenuti due agenti della polizia, che fermarono Meles quando gli inseguitori lo avevano quasi perso di vista.

– Sono regolare, rifugiato politico, non ho fatto niente!

Michele e Ayub lo trovarono che urlava la propria innocenza. Il medico si affrettò subito a confermare quanto diceva.

– È vero, dobbiamo solo chiedergli una cosa – disse di fretta.

La giovane agente lo riconobbe.

– Dottore, è lei! Come sta? – chiese subito. – Sapevo che era andato in pensione, ma che ora ha una specie di ambulatorio qui.

Michele confermò. – Sì. E questo ragazzo due settimane fa aveva una brutta tosse. Volevo controllare come sta.

– Non ci credo neppure se me lo incide sul ghiaccio! – scoppiò a ridere la giovane. – Però, vi scortiamo lì. Senza fare storie.

Michele, Ayub e il ragazzo etiope furono condotti all'ambulatorio sulla volante della polizia. Per l'intero tragitto nessuno parlò.

Quando arrivarono alla casetta, i tre ospiti scesero dalla macchina e la poliziotta tirò giù il finestrino.

– Noi restiamo qui, dottore. Nel caso la tosse diventi polmonite!

Non appena furono dentro, Meles si mise a gridare.

– Io non voglio guai, capito? Non voglio guai! – ripeté in italiano, camminando per la stanza come un animale ferito.

Anche Ayub però cominciò a gridare, più forte.

– Perché scappavi? Mi avevi promesso che saresti tornato – chiese tra i singhiozzi. – Dov'è Hakim? Dov'è mio fratello?

Meles sedette su una sedia di plastica, calmo all'improvviso.

– Sono tanti a sapere che fine ha fatto tuo fratello – sussurrò. –Ma non te lo vogliono dire perché hanno paura.

Michele sedette a sua volta accanto al giovane migrante.

– Nessuno ti metterà nei guai per quello che ci dirai, te lo prometto – lo rassicurò. – Ma Ayub ha il diritto di sapere che cosa è capitato a suo fratello.

17. Un nome su una lapide

Michele uscì dall'ambulatorio e si accostò alla volante.

– Ci metterò più del necessario – spiegò con un sorriso. – Quel ragazzo ha trascurato la sua tosse e voglio controllarlo bene. La mia macchina è vicina. È un regolare, lo accompagno in ospedale ad Avola, se mi accorgo che posso fare poco.

La poliziotta sorrise.

– Quel ragazzo ha più possibilità di guarire con lei che in una clinica! – ridacchiò. – Le lascio il mio cellulare, non si sa mai.

Il medico ringraziò e tornò dentro. Meles e Ayub stavano discutendo in maniera animata, ma lui non comprese una parola.

– Fate capire anche me? – domandò in tono severo.

I due si calmarono all'istante.

– Dice che a lui gliel'ha raccontato un eritreo che vive nel casolare abbandonato dove siamo stati il primo giorno – tradusse Ayub con voce concitata. – Però lì nessuno conosceva Ayub. E ora vuole che ci andiamo di nuovo. E se lui scappa un'altra volta?

Michele guardò il ragazzo etiope a lungo. Meles tossì.

– Non scapperà, ma ci accompagnerà al casolare – disse infine il medico. – Però prima controlliamo questa tosse. Ora ti do un'altra cura e la prossima settimana torni. Qualsiasi cosa accada.

Nell'abitazione di fortuna ormai dormivano quasi tutti. Solo un ragazzo, vicino alla porta, si lavava versandosi l'acqua da un secchio di plastica. Era a torso nudo e Michele rabbrividì per lui.

Quando il ragazzo vide la macchina, urlò qualcosa all'interno della casa, ma nessuno lo sentì. Il primo sonno di una giornata di fatica nei campi non si faceva turbare così facilmente.

Per Ayub fu una fortuna: se lo avessero visto, magari non gli avrebbero permesso di entrare in casa. Quando lo fece, era troppo tardi per scappare per chiunque.

Meles prese dall'ingresso una grossa torcia ed entrò in una stanza che doveva essere stata una cucina. C'erano tante sagome stese sopra i materassini di gomma e lui le illuminò una dopo l'altra.

Alla fine si fermò a lungo sopra ad una di esse e fece un cenno ad Ayub. Il ragazzo si avvicinò, avendo cura di non svegliare gli altri. Quindi si chinò a guardare colui che ronfava sotto numerose coperte.

Il ragazzo si svegliò di botto. Quando vide di chi si trattava, sembrò colto in fallo, ma capì di non potere scappare.

Il volto di Ayub espresse invece un incontenibile stupore.

– Ma tu sei Nazir!

Uscirono dalla casa per non disturbare, ma ben presto furono raggiunti dagli altri. Si sentivano tutti un po' in colpa nei confronti di Ayub e Michele. Ormai quel medico che apriva un ambulatorio per loro il sabato e la domenica era conosciuto.

– Nazir ha fatto il viaggio con mio fratello – spiegò Ayub a Michele. – Erano compagni di scuola.

– Perché non c'eri la volta scorsa? – si incuriosì Michele.

Nazir scosse la testa.

– C'ero, ma sono scappato quando ho visto Ayub – confessò. – Non volevo dirgli che cosa è successo a suo fratello.

Ayub si appoggiò a un albero, incerto se andare avanti. Ora che stava per conoscere la verità, non era più sicuro di volerla sapere.

– Cosa è capitato ad Hakim? – chiese però con un filo di voce.

– Hakim è morto.

Tre parole. Solo tre. Ayub si piegò come se avesse ricevuto un pugno. Michele gli corse accanto e lo prese per le spalle.

Se lo aspettavano, forse lo avevano sempre saputo. Ma sentirlo era un'altra cosa.

Fu Ayub il primo a parlare.

– Mamma lo aveva capito. Diceva che le madri lo capiscono dal cuore se un figlio non c'è più. Per questo si è ammalata. Lo sapeva.

Gli altri ragazzi si strinsero ad Ayub e uno gli portò una bottiglia d'acqua. Nazir gli tese la mano.

– Hakim e io non ci separavamo mai – cominciò in tigrino. Poi però continuò in italiano perché anche Michele capisse. Parlava lentamente, per trovare le parole in una lingua non sua. – Da Asmara impiegammo dieci mesi per arrivare in Italia. Ci fermammo in Sudan per un po' a lavorare, perché avevamo finito i soldi...

Ayub annuì. – Anche con zio Osman facemmo la stessa cosa. Ce ne volevano tanti per entrare in Libia. O si finiva nei campi.

– Da Lampedusa ci portarono a Trapani, ma scappammo subito anche se avremmo potuto ottenere il visto di rifugiati. Hakim però voleva lavorare, per mandare i soldi a casa. I primi tempi non andarono bene, poi conoscemmo uno che ci portò in un posto che si chiama Castel Volturno e lì ci fece lavorare in una fattoria. Da quel momento il lavoro non mancò più. Ci spostavamo secondo i raccolti, e Hakim riusciva anche a guadagnare in altri modi. Te lo ricordi, Ayub? Lui era simpatico a tutti. Una volta pitturava un cancello, un'altra lavava le vetrine... Poi venimmo qui, per le patate.

Nazir tacque e per qualche minuto nessun altro parlò.

– Che cosa accadde? – chiese infine Michele.

– Noi eravamo clandestini e i caporali ne approfittavano per pagarci meno – cominciò Nazir.

– Chi sono i caporali? – lo interruppe Ayub.

– Sono quelli che organizzano il lavoro agli immigrati, quasi mai in modo onesto – rispose Michele. – Decidono il prezzo, chi deve lavorare, quante ore. Spesso sono solo sfruttatori.

Ayub fece intendere di aver capito e Nazir continuò.

– Non avevamo trovato posto per dormire, da nessuna parte. Nelle tende non potevamo stare perché non avevamo il permesso di soggiorno. Così ci accampammo all'aperto, sotto gli alberi. Una notte si mise a piovere e cercammo un posto più sicuro. Provammo a rifugiarci sotto un muro, ma pioveva troppo e il muro ci crollò addosso. Ci trovarono la mattina dopo alcuni nigeriani.

– Hakim era morto? – sussurrò Ayub.

– No, ma stava male. Gli altri ci portarono nella casa dove vivevano, provando a curarci – riprese Nazir. – Hakim però peggiorò e loro chiamarono il caporale. Lui se lo portò via in un furgone e lo nascose da un'altra parte. Poi capì che non c'era più nulla da fare e lo lasciò di fronte al Pronto Soccorso di Avola, già morto. Quando stetti meglio andai dal caporale, per fargliela pagare. Ma lui minacciò di denunciarmi e di dire che ero stato io ad ammazzare il mio migliore amico. *Devi dire che se n'è andato, hai capito? O sarà peggio per te!* E non ho avuto scelta. Ad Asmara i vecchi dicono: *Anche se hai ragione, non discutere coi potenti.*

Michele trascorse il giorno seguente in biblioteca, a cercare sui giornali degli articoli che parlassero della morte di Hakim.

– Avrei dovuto farlo prima – si rimproverò. – Come ho fatto a non pensarci?

Finalmente trovò quello che cercava, un trafiletto nella pagina locale, nelle notizie brevi di Avola.

> *Il cadavere di un ragazzo africano di circa vent'anni è stato abbandonato ieri sera davanti al Pronto Soccorso dell'ospedale Di Maria. Si ignorano la provenienza e le generalità. Si presume si tratti di un clandestino senza fissa dimora assoldato in nero nella raccolta delle patate.*

Nell'articoletto erano segnati anche il giorno e l'ora del funerale, presso una parrocchia di Avola.

Quello stesso pomeriggio Ayub e Michele si recarono a conoscere il parroco. Era un uomo di bassa statura, con i capelli grigi e gli occhi così azzurri da sembrare trasparenti. Non gli occorse molto per richiamare alla memoria l'episodio.

– Mi ricordo bene di quel funerale – sospirò il sacerdote.

– Lo volle a tutti i costi un sacerdote anziano, che oggi non c'è più. Fu lui a celebrare la messa e nell'omelia tuonò contro l'ingiustizia. Ci fece vergognare tutti, quel giorno, e un parrocchiano offrì un posto nella sua tomba di famiglia. Certo, non potrà rimanere sempre lì...

– No, non può – approvò Michele. – Né deve. Lo porteremo a Siracusa, nella tomba della *mia* famiglia.

Il medico calcò l'accento sul *mia* e il sacerdote si incuriosì.

– Era un suo parente? – chiese sbalordito.

– Sì, era il fratello di questo bambino. Ayub, mio nipote.

Occorsero alcuni giorni, il tempo di sbrigare le solite pratiche, e finalmente, un lunedì pomeriggio di metà maggio, Hakim ebbe la sua tomba, accanto a quella di Lisa.

Giunsero in tanti al cimitero, per dimostrare il proprio affetto ad Ayub. I suoi compagni, la maestra, i professori, la preside, Carlo e Concetta. C'erano Nazir e Meles, con altri ragazzi eritrei. E arrivò anche Paola, inaspettata, con il marito e i bambini.

– Non potevamo mancare – spiegò abbracciando Ayub. – Però dobbiamo ripartire subito.

Ayub parlò poco, ma si vedeva che era sereno. E sorrise quando sistemò i fiori davanti alla foto sorridente del fratello.

Non c'erano date sulla lapide, né di nascita né di morte. Neppure il cognome c'era, perché in Eritrea i cognomi non ci sono.

Solo un nome, per troppo tempo rimasto ignoto.

HAKIM

18. Mi chiamo Ayub...

– Nonno, posso prendere lo stesso il diploma delle medie?

Erano sulla strada che dal cimitero portava a casa, quando Ayub fece quella domanda. Michele diede una frenata così brusca da provocare la reazione feroce dell'automobilista dietro, che suonò il clacson con rabbia e li sorpassò inveendo. Michele si scusò, poi accostò la macchina e accese le quattro frecce.

– Che significa, Ayub? – chiese stupito al ragazzo. – Hai studiato tanto e ti abbiamo aiutato tutti. Perché ora non vuoi più prendere il diploma? Capisco che sei sconvolto, ma...

Ayub guardò l'altro come se non capisse.

– Il problema non è cosa voglio io – sbottò infine. – Certo che io voglio fare gli esami! Ma tu vuoi ancora tenermi a casa tua?

Stavolta fu Michele a non capire.

– Ma che dici, Ayub? Perché non dovresti più stare con me? – domandò sbalordito.

L'altro sospirò. – Tu avevi detto che sarei rimasto con te fino a quando non trovavamo Hakim – sussurrò il ragazzo stringendo i pugni. – Lo abbiamo trovato, anche se non come speravo io... Quindi ora, ho pensato, dovrò andare da un'altra parte.

Michele agitò un braccio e per un attimo non riuscì a esprimersi. Le parole erano bloccate in gola.

– Ma... Ma cosa dici, Ayub? Certo che rimani con me! Ora più che mai! – balbettò alla fine. – Dove vorresti andare?

Ayub abbassò la testa e sbuffò. Si vedeva che era sollevato.

– Pensavo di tornare a casa – confidò al medico. – Però non ho i soldi e neppure chi mi porti indietro. E poi mamma non è guarita e io ancora non posso prendermi cura di Selam. Mi piacerebbe fare qualcosa per loro, ma non so cosa.

Michele gli prese una mano e gliela strinse.

– L'unica cosa che puoi fare per loro ora è studiare – gli disse alla fine. – Intanto supera questi esami e poi pensa alle scuole superiori. L'hai detto tu che non è facile diventare medico. Bisogna impegnarsi a lungo e tanto. Ma se vuoi, io ti aiuterò.

Michele ripartì e per un bel pezzo Ayub rimase zitto. Erano davanti al portone di casa quando domandò: – Nonno, tu pensi davvero che io riuscirò a diventare medico?

Michele gli scompigliò i folti capelli ricci.

– No, non lo penso. Ne sono sicuro.

Giugno irruppe nella città con i suoi colori accesi, il caldo intenso ma non ancora rovente, gaio preludio dell'afa estiva.

A scuola erano gli ultimi giorni e ormai andavano in pochi. Ayub era fra questi, perché voleva approfittare dei professori tutti per lui, dovendo studiare in pochi mesi un programma di anni.

Era contento di farlo. Così si sarebbe rimesso al passo con i compagni di Asmara che aveva lasciato in prima media, dopo che Soliana si era ammalata.

Lui e Michele continuavano a chiamare l'ospedale una volta a settimana, ma le notizie erano sempre le stesse: la mamma di Ayub non migliorava. Amina e Selam erano state però felici di sapere che Ayub avrebbe continuato a studiare in Italia. La notizia le aveva un po' consolate della perdita di Hakim.

Così Ayub si era messo a studiare con più impegno di prima e andava a scuola quasi di corsa. A volte Michele usciva con lui e passeggiava sul lungomare, godendosi il tepore mattutino.

Non era il solo a farlo. Pensionati a spasso col cane, ragazzi in tenuta da jogging, mamme coi bimbi in carrozzina. In tanti lo riconoscevano e lo salutavano con simpatia.

– Buongiorno, dottore. Come sta Ayub?

Una mattina, tornando a casa, Concetta lo accolse con una notizia: – Dottore, ha appena telefonato la dirigente.

Aveva imparato a dirlo, finalmente.

– Ah! E che cosa voleva? – chiese Michele tranquillo.

– Ha detto che deve andare a scuola per parlare della sposina di Antonio.

Michele sospirò. Chissà cosa aveva detto davvero la preside.

Concetta gli lesse nel pensiero e reagì offesa: – E che ci posso fare io se ha detto così?

Michele ritornò alla porta e replicò: – D'accordo. Vado subito.

Il subito diventò mezz'ora, perché prima si recò al mercato. Davanti all'ufficio immigrazione c'era una fila interminabile e in molti lo salutarono; ormai i migranti lo conoscevano. Un ragazzo con la mano destra fasciata gli si avvicinò titubante. Voleva ringraziarlo perché, dopo le cure di Michele, l'infezione era quasi passata.

– Non trascurarla e metti la pomata – gli raccomandò il medico.

Quando arrivò a scuola, si stupì del silenzio. Non c'erano più bambini, per loro erano iniziate le vacanze.

– Chissà in quale classe sarà Ayub? – si chiese Michele dirigendosi dalla preside. Poi ridacchiò tra sé. – Non vedo l'ora di capire che cosa è la *sposina* di Concetta!

– Caro dottore, che piacere rivederla! – lo salutò la preside. – Volevo parlarle della tesina di Ayub.

Mistero risolto. Michele sedette con la faccia sorniona.

Conosceva bene la tesina di Ayub. Il ragazzo vi lavorava da settimane ed era quasi alla fine. Aveva scelto come tema *I paesi in via di sviluppo*, svolgendo una ricerca di tutto rispetto. Statistiche, grafici, opinioni di economisti, una mappa del deserto, la storia dell'Eritrea come colonia italiana e un powerpoint riassuntivo con *Mama Afrika* di Miriam Makeba come sottofondo.

Per l'italiano aveva sviluppato due argomenti: nel primo l'aveva aiutato Michele e si intitolava *Il razzismo è follia*, partendo da *Se questo è un uomo* di Primo Levi. Nel secondo si indovinava lo zampino di Carlo e aveva per titolo *La falsità dei pregiudizi mentali e linguistici*. L'avvocato si era infatti divertito un mondo una sera che Ayub gli aveva letto una poesia studiata a scuola.

– Mitica! Queste poesie ai miei tempi me le sognavo. Hai detto che si intitola *Bambino di colore*? E noi la mettiamo nella tesina!

Quando sono nato, io ero NERO,
Quando tu sei nato, eri ROSA.
Quando mi arrabbio, io rimango NERO,
Quando tu ti arrabbi, diventi ROSSO.
Quando ho freddo, io rimango NERO,
Quando tu hai freddo, diventi BLU.
Quando ho paura, io rimango NERO,
Quando tu hai paura, diventi VERDE.
Quando ho mal di pancia, io rimango NERO,

Quando tu hai mal di pancia, diventi GIALLO.
Quando vado al mare, io rimango NERO,
Quando tu vai al mare, diventi NERO
e ti piace. Allora... chi è
il vero bambino di colore?

Michele si incuriosì.

– Ho letto la tesina di Ayub, ormai è quasi pronta. Mi pare buona – affermò. – Manca solo l'introduzione...

– Non manca più. L'ha scritta ieri e corretta stamattina – rispose la preside tendendogli un foglio. – Per questo l'ho fatta chiamare. Volevo che la leggesse subito.

Michele abbassò gli occhi sul foglio e lesse: – Mi chiamo Ayub.

Fu l'unica frase che pronunciò ad alta voce.

Mi chiamo Ayub e vengo dall'Eritrea.

Sono venuto in Italia per cercare mio fratello Hakim che era scomparso. Poi ho scoperto che era morto, ma preferisco la verità invece di non sapere nulla. Mio fratello ha una tomba e anche per questo ringrazio Dio. Molti altri non possono farlo, perché la tomba dei loro cari è il mare o la sabbia del deserto.

Io sono il quarto di cinque fratelli, ma il primo non l'ho conosciuto perché è morto nel 1999 nella guerra contro l'Etiopia.

Mio padre si chiamava Yonas e si è sposato due volte. Dalla prima moglie, oltre al figlio che è morto, ha avuto mia sorella Amina che oggi vive a Massaua. Dalla seconda moglie, mia madre Soliana, siamo nati io, Hakim e la mia sorellina Selam.

Venire in Italia non è stato facile e molte volte ho pensato di non farcela, prima nel deserto e poi quando abbiamo attra-

versato il mare sulla lampalampa: le barche per l'Italia noi le chiamiamo così.

In Italia ho trovato nonno Michele che mi ha dato una casa e una famiglia. E tante persone che mi vogliono bene.

Il nonno vuole che io diventi medico, come lui, e anche a me piacerebbe, però la strada è lunga. A volte mia madre e la mia sorellina mi mancano tanto, però so che le rivedrò.

Io ho scelto di parlare dei Paesi in via di sviluppo perché anche il mio, l'Eritrea, lo è. È un paese povero, ma bellissimo, e prima o poi riuscirà a mostrare al mondo la propria bellezza.

Insieme agli altri paesi dell'Africa.

Io mi sento fortunato per tanti motivi. Perché non sono morto nel deserto, perché la barca non è affondata, per nonno Michele, zio Carlo e Concetta. E anche perché sono nato africano ed eritreo.

A volte penso a mio fratello Hakim che è morto perché voleva regalare a me e alla mia famiglia un futuro migliore. In un certo senso c'è riuscito: se io sono qui, a studiare, è grazie a lui.

Mia madre mi raccontava una favola antica in cui diceva che all'inizio dei tempi gli uomini erano immortali, ma avevano dovuto cedere l'immortalità in cambio del fuoco: non si può avere una cosa importante senza rinunciare a qualcosa di altrettanto importante.

Come la vita del mio Hakim. Come la vita di molti africani.

Noi veniamo qui in tanti perché qualcuno possa farcela. Sappiamo che non tutti ci riusciranno, anzi saranno pochi, ma ci proviamo lo stesso. Perché domani, in Africa e nel mondo, le parole povertà, guerra e razzismo diventino solo un brutto ricordo.

19. Problemi in vista

Ayub superò gli esami a pieni voti ed ebbe i complimenti da tutti. Carlo organizzò una grande festa nella sua villa al mare e invitò mezza città, compreso Pierferdinando con la madre.

– Ha visto, illustre onorevole, il mio ragazzo? – si gonfiò facendole un perfetto baciamano. – Un genio! Un po' di merito me lo prendo: gli ho fatto frequentare la gente giusta...

La donna gli sorrise gelida.

– Ad esempio? – domandò quindi. – Qual è la gente giusta?

– Intanto ci sono io! – ridacchiò l'avvocato. – E poi... Ah, eccoli qua. Sono arrivati alcuni miei amici.

Sul vialetto della villa si vide Màlena, elegantissima con i lunghi capelli sciolti. L'accompagnavano la madre e alcuni uomini, tutti con uno strumento musicale.

Ayub accolse la ragazzina con un abbraccio e Carlo presentò agli altri ospiti i nuovi arrivati.

– Forse non tutti sanno che nella comunità rom della nostra città ci sono anche alcuni *lautari* – annunciò con un sorriso.

Ayub gli tirò una manica della giacca.

– Dovresti spiegare meglio – gli suggerì. L'altro sbuffò.

– E va bene! – acconsentì. – I lautari sono valenti musicisti che si esibiscono in tutto il mondo. Stasera qui abbiamo un musicista che conosce e ha suonato perfino per il grande Emir Kusturica...

Fu un successo senza precedenti e a fine serata la deputata andò a congratularsi con Carlo.

C'era anche Michele e la donna gli fece una richiesta.

– Dottore, avrei una cortesia da chiederle – dichiarò gentile. – Come lei sa, io ho una casa alle Eolie e mi piacerebbe avere Ayub come ospite il prossimo weekend. Pierferdinando ci tiene tanto...

Michele chiamò Ayub che giocava con gli amici e gli domandò se la prospettiva di una visita alle Eolie gli andasse a genio.

– Ci sarà anche Andrea – sottolineò la signora.

Il nome del primo compagno di banco fu determinante.

– Ok, aggiudicato – accettò Ayub tornando a giocare.

– Ti sei divertito? – gli chiese Concetta dieci giorni dopo.

– Sì, ma solo perché c'era Andrea – rispose Ayub affondando una brioche nella granita di mandorla. – Pierferdinando è una rottura. Vuole sempre averla vinta e bara anche con se stesso. Non lo sopporto, io e Andrea non vedevamo l'ora di tornare.

In quel momento dall'ingresso suonò il cellulare di Concetta.

– E chi mi vuole a quest'ora? – si stupì la donna. Dopo aver risposto, si accasciò sul divanetto rococò.

– Dov'è adesso? – la sentirono gridare Michele e Ayub dall'altra stanza. – Non è morto? Me lo deve giurare!

Il marito di Concetta faceva il muratore ed era caduto da un'impalcatura. Lo stavano operando d'urgenza. Concetta, Michele e Ayub si precipitarono in ospedale e Carlo li raggiunse subito.

Quando il medico uscì dalla sala operatoria, sembrava sfinito.

– Il paziente è fuori pericolo, ma alcune fratture avranno bisogno di molte cure per guarire – comunicò con tono grave. – Non escludo una seconda operazione.

– Pure la terza, se me lo ridate vivo – piagnucolò Concetta.

Dopo alcuni giorni da Como giunse a Siracusa la figlia di Concetta. Era uguale a lei, con una ventina d'anni di meno.

Il pomeriggio seguente all'arrivo andò a trovare Michele.

– Dottore, io mi vorrei portare papà a Como – disse al medico. – Vicino c'è un posto dove possono curarlo al meglio e io potrei dare il cambio a mamma. Solo che lei non vuole venire.

– Perché? – chiese Michele.

– Dice che non può lasciare lei e Ayub – confessò la donna.

Michele la rassicurò: – Ci penso io a convincerla, prendi pure i biglietti. Io e Ayub possiamo cavacela per qualche mese.

Era un pomeriggio di luglio e l'estate trionfava tra le antiche strade del quartiere. Neppure nei vicoli stretti l'ombra riusciva a domare l'afa e pochi mettevano il naso fuori di casa prima di sera.

Ayub era fra questi. Lui e Andrea trascorrevano l'intera giornata a mare sulla scogliera di Forte Vigliena, a pochi metri dalla casa di Michele, tra gare di tuffi e lunghe nuotate.

Il medico li raggiungeva solo al mattino, quando il sole era sopportabile e soltanto se il mare era calmo.

Erano le tre e lui sorseggiava un caffè quando trillò il telefono. Non era un'ora solita per ricevere telefonate, pensò Michele rispondendo. Era Carlo.

– Che succede? – lo prese in giro Michele. – Non sei in villa a smaltire la pepata di cozze di domenica?

Dall'altro lato la voce di Carlo risuonò lugubre.

– Non sono al mare, ma allo studio – informò. Il tono non prometteva nulla di buono. – Vieni subito, abbiamo un problema.

Nonostante il caldo, Michele percorse la strada quasi di corsa e arrivò dall'amico col fiatone. L'altro gli offrì un bicchiere di tè freddo.

– Perché mi hai chiamato? – ansimò Michele dopo essersi dissetato. – Deve essere grave per farmi precipitare a quest'ora.

Carlo annuì, con il volto rabbuiato.

– Mi ha telefonato la mia amica, l'assistente sociale. Te la ricordi? – chiese. Poi, senza attendere risposta, continuò. – È una fortuna che mi sia così affezionata... Ha ricevuto una visita dalla deputata che voleva informazioni su Ayub.

– Che significa *voleva informazioni*? – impallidì Michele.

– Le ha detto che il suo Pierpiffero è molto amico di Ayub e le chiedeva se poteva ottenere il suo affidamento – soffiò Carlo.

– Cosa? Ma Ayub è affidato a me! – gridò Michele. – Lei non vuole bene ad Ayub, che cosa vuole da lui?

Carlo lo guardò storto, cercando le parole.

– Vedi, Michele...

L'altro lo interruppe arrabbiato.

– Sta cercando un nuovo giocattolo per il figlio?

– Magari! Dimostrerebbe di avere un briciolo di cuore – commentò Carlo. – Mentre erano alle Eolie, lei è stata intervistata da un giornalista che le ha chiesto chi fosse Ayub. Ha risposto che era un caro amico del figlio, ma che lei amava come fosse suo. Le elezioni sono vicine e un gesto così attirerebbe molti voti...

Michele rimase immobile, troppo stupito per ribattere.

– Ma davvero potrebbe? – chiese infine con la voce spenta.

– Parliamoci chiaro, Michele – rispose Carlo lentamente. – Al tribunale preferiscono le famiglie con i figli e Ayub è stato affidato a te in maniera... diciamo rocambolesca. Lui non è adottabile perché ad Asmara ha ancora una famiglia e l'onorevole vanta amici potenti. In questo momento manca pure Concetta e la sua assenza non gioca a tuo favore. Dovremmo combattere, ma non posso assicurarti niente.

Michele si alzò e guardò dai vetri la piazza assolata. Ai tavolini dei bar alcuni turisti tracannavano una bibita ghiacciata dietro l'altra, sorvegliati dalle ninfe di pietra della fontana di Diana.

– Non permetterò di vedere Ayub trattato come un pacco – proruppe il medico deciso. – E so cosa fare per risolvere tutto.

Carlo strinse gli occhi come un gatto. Conosceva l'amico bene e sapeva che non parlava mai a vanvera.

– Che cosa intendi fare? – gli chiese quindi.

– Hai detto che Ayub ad Asmara ha una famiglia, giusto? – domandò Michele. – Hai ragione, ha una madre e una sorella.

– E allora? – si illuminò Carlo intuendo la risposta.

Michele aveva ancora il bicchiere in mano. Era vuoto ma lo sollevò ugualmente, mimando un brindisi.

– E allora noi le andiamo a prendere.

20. La Roma d'Africa

Tra scartoffie e documenti trascorse un intero mese. Michele diventò un frequentatore assiduo dell'Ufficio Immigrazione che, fino a quel giorno, aveva visto solo dall'esterno.

Il problema era che Ayub era minorenne e non era facile ottenere il passaporto. Inoltre per entrare in Eritrea occorreva il visto d'ingresso che rilasciava l'ambasciata eritrea a Roma.

– Carte e ancora carte: un'altra firma e mi si paralizza la mano! – si lamentò Michele un giorno.

Un'altra questione di non poco conto era far ottenere il permesso di lavoro per Soliana e il permesso di entrare in Italia a Selam. La mamma di Ayub era infatti ancora in ospedale e non era facile giustificare un contratto come lavoratrice. Anche il ricongiungimento familiare era complicato.

– Io non capisco! – sbottò Michele nell'ufficio un giorno. – Ma non posso farle venire da me e basta?

Carlo ridacchiò.

– Se fossero canadesi o americane non avremmo problemi – ammise l'avvocato. – I ricchi vengono accolti con più affabilità.

L'agenzia viaggi si occupò dei biglietti aerei e dell'albergo. Prenotarono anche una macchina con l'autista che li avrebbe seguiti per tutto il tempo e condotti a Massaua a prendere Selam.

Carlo avrebbe voluto anche fare un salto alle Isole Dahlak, ma Michele fu irremovibile.

– Ma è uno dei paradisi naturalistici del mondo! – si lagnò l'avvocato. – Ci sono le gazzelle nane che corrono sulla spiaggia!

– Le vedrai su internet le tue gazzelle nane! Non siamo turisti – ribatté Michele. – Abbiamo altro a cui pensare.

Michele li costrinse anche a fare l'antitifica e l'antiepatite.

– Nonno, ma io ho sempre vissuto in Eritrea – si ribellò Ayub. – E non mi è mai successo niente!

Michele non volle sentire ragioni: – Sì, ma ora ci vai con me e fai come dico io.

– Rassegnati, Ayub – sospirò Carlo. – I medici vedono disgrazie dappertutto. Sicuro di non voler diventare avvocato?

Alla fine fu tutto pronto, documenti, permessi e valigie. Pancotto fu lasciato a una vicina, ma solo per pochi giorni, perché prima di partire arrivò una telefonata di Concetta.

– Sto tornando, Antonio – comunicò ad Ayub. – Mio marito non è guarito, ma dice che se sta ancora al Settentrione si ammala di più. Peccato che non ci posso venire pure io... all'Africa...

Si fermarono alcuni giorni a Roma, che Ayub sognava di vedere sin da piccolo, e le sue aspettative non furono deluse.

La capitale italiana gli sembrò magnifica, una scoperta dietro l'altra: il Colosseo, i Fori Imperiali, Piazza di Spagna, San Pietro, il Pantheon. Ayub costrinse i due attempati accompagnatori a dei giri estenuanti tanto che, sull'aereo per Francoforte, Carlo e Michele dormirono tutto il tempo.

Fecero scalo nella città tedesca solo poche ore e finalmente si imbarcarono sul volo per Asmara.

– Nove ore sono tante – commentò Carlo allacciando la cintura.

– Abbiamo libri, giornali e quella specie di scatola piatta che hai regalato ad Ayub. La tavoletta... – dichiarò Michele.

– Si chiama tablet, nonno – rise Ayub. – Mi sembri Concetta!

– Voi fate come vi pare, io ho il mio libro – ribatté Michele mostrando una guida dell'Eritrea. – Bella idea venire per la stagione delle piogge! Avete l'ombrello, vero?

Arrivarono ad Asmara che era buio, ma non pioveva. La temperatura era piacevole, anche se fresca. La guida locale ingaggiata dall'agenzia li aspettava all'uscita con un cartello in mano: si chiamava Isayas e vestiva all'occidentale, con un paio di jeans e un giubbotto di cotone blu. Li condusse a una macchina tedesca che sembrava in buono stato.

– Avete fame? – chiese in italiano.

– No, abbiamo mangiato in aereo – rispose Michele.

– In compenso moriamo di sonno. È lontano l'Intercontinental? – sbadigliò Carlo.

Impiegarono un quarto d'ora per arrivarci. Le strade erano vuote, data l'ora. Scaricarono i bagagli e fecero in tempo a vedere che si trattava di un ottimo albergo, anche per gli standard europei. Le camere erano contigue, in una Carlo, l'altra per Michele e Ayub.

Si salutarono stanchi, dandosi l'appuntamento a colazione.

– Sogni d'oro e non svegliatemi all'alba! – furono le ultime parole di Carlo prima di chiudere la porta.

La mattina seguente cadeva una pioggia leggera, ma fitta. Isayas li aspettava nella hall, con un sorriso cordiale.

– Hai dormito qui? – scherzò Carlo. – Lo sai cosa ti aspetta, vero? Non ti daremo tregua.

Prima di partire avevano stilato un programma. Sarebbero dovuti ripartire dopo quindici giorni, con o senza la mamma di Ayub. Le suore non si erano mostrate ottimiste quando Michele le aveva informate di voler portare Soliana in Italia.

Michele e Ayub andarono a trovarla la stessa mattina, nel piccolo ospedale delle suore. Soliana si illuminò nel vedere il figlio, ma non disse una parola. Sembrava vivere in un mondo parallelo.

Ayub l'abbracciò, le parlò della sua nuova vita, degli esami, del viaggio in aereo, ma lei si limitò a guardarlo con occhi vuoti.

– La depressione è una brutta bestia – commentò Michele con la suora italiana. – Non ha mai avuto reazioni in questi anni?

La suora scosse la testa.

– No. Mangia, si lava e poi sta lì, davanti alla finestra con la foto – rispose la suora. – Come in una bolla dove il tempo si è fermato.

Ayub non avrebbe voluto andarsene, ma Michele gli promise di tornare il mattino dopo.

– Verremo tutti i giorni e sono sicuro che le farà bene. Riusciremo a portarla con noi – provò a rassicurarlo.

All'uscita c'era Carlo che discuteva con Isayas sul monumento da visitare subito. L'avvocato indossava un cappello bianco che lo faceva sembrare un divo degli anni '30.

– Ma dove lo hai trovato quel sombrero? – scherzò Michele.

– Sombrero? – si indignò l'altro. – È il Borsalino di mio nonno!

Ayub non rise. Era ancora turbato dalla visita alla madre. Carlo però gli mise il cappello in testa.

– Cos'è quella faccia, amico? – lo scrollò. – Ci hai fatto una testa per mesi su questa Roma d'Africa. Non vuoi mostrarcela più?

Una città incredibile. Un pezzo d'Italia nel cuore dell'Africa.

Edifici dai nomi italiani di stile italiano. Il Cinema Impero, il Caffè Rosina. Ai tavoli dei caffè di Viale della Liberazione, gente di ogni etnia ordinava in tigrino *espresso* e *cappuccino*.

Le strade pullulavano di gente, a piedi e in bicicletta. Agli angoli c'erano i venditori di frutta, specialmente di *belés*, i fichi d'india, esposti in piccole piramidi colorate.

La maggior parte delle donne vestiva all'occidentale, alcune però indossavano gli abiti tradizionali, a volte coloratissimi altre bianchi, con una sciarpa sul capo. Pochissime erano le musulmane col velo integrale. Tutte si muovevano con un'eleganza innata che nessuna modella strapagata sarebbe mai stata in grado di imitare.

A metà giornata le campane della cattedrale cattolica si confusero con il grido dei muezzin che invitavano alla preghiera, mentre i monaci ortodossi cantavano nelle loro chiese.

Carlo rimase particolarmente colpito dal Teatro dell'Opera in cui trionfava lo stile neoclassico italiano.

– Con un restauro accurato non avrebbe nulla da invidiare ai nostri teatri più belli – dichiarò ammirato di fronte alla fontana a forma di conchiglia che lo adornava.

E la Casa degli Italiani, la bianca Sinagoga, il piccolo e ricco Museo nazionale. Ayub si gonfiò di fierezza nel quartiere di Medabere dove, nel recinto del vecchio caravanserraglio un tempo mercato del bestiame, era sorto un insolito laboratorio di riciclaggio.

– Qui la fantasia degli eritrei diventa genio – spiegò la guida. – Vedete quelle lamiere? Erano fusti di carburante. Poi verranno assemblate e diventeranno gli utensili per cuocere l'*injera*, il nostro pane, o dei fornelli per preparare il caffè.

Il caffè era un vero e proprio rito, tanto nelle case quanto nei bar. Per Michele era troppo forte e preferiva lo *shai*, un tipo di tè.

Carlo, al contrario, beveva caffè a tutte le ore e in ogni sosta.

– Non so se riuscirò a ritornare al caffè della mia macchinetta – dichiarò un pomeriggio nella terrazza del Bar Impero.

Per tre giorni girarono in lungo e in largo per Asmara, con Isayas che faceva del proprio meglio per mostrarne il lato migliore.

Michele si commosse al mercato delle spezie, dove gli sembrò di risentire il profumo di Lisa, quel miscuglio di rose e gelsomini che aveva solo lei.

Carlo dilapidò invece quasi tutti i *nafka* cambiati in aeroporto al mercato dei souvenir, dove acquistò maschere di legno, strani strumenti musicali, un tamburo e una zucca decorata per Concetta.

– Mi ridurrò sul lastrico, ma qui è una continua sorpresa – dichiarò la sera al ristorante Hidmona a Expo Park, dopo essersi rimpinzato di *silsi,* i piccanti pomodori fritti, e di *mies*, il locale vino di miele. – Fai bene, Ayub, a essere fiero di essere eritreo.

Ayub però non ribatté con la consueta vivacità. Non appariva più contento come il primo giorno.

Si erano recati ogni mattina a trovare Soliana, ma lei non migliorava.

– Il tempo scorre – disse la sera a Michele in albergo. – Come faremo a portare mamma con noi? E senza di lei non potremmo prendere neppure Selam.

Michele non rispose. La prospettiva era persino peggiore.

Se non riusciva a portare Soliana in Italia, lui rischiava di perdere anche Ayub.

21. Che bello vederti ballare

– Oggi andiamo a Keren – disse Carlo il lunedì mattina a Michele e Ayub mentre uscivano dall'ospedale.

Era trascorsa una settimana dal loro arrivo e Ayub ormai aveva quasi perso la speranza.

Michele provò a distrarlo, assecondando Carlo.

– Perché proprio Keren? Tu la conosci, Ayub? – chiese salendo in macchina.

Ayub si limitò a fare un cenno con la testa che non diceva né no né sì, ma Carlo non si fece intimorire dal suo debole entusiasmo e rispose per lui.

– A Keren ogni lunedì c'è il grande mercato degli animali – annunciò. – Se vogliamo comprare un cammello è la volta buona.

Ayub scoppiò a ridere e Isayas si diresse a nordovest di Asmara, verso il bassopiano. Quasi subito iniziarono a scendere per una strada sinuosa come un serpente: Keren sorgeva a mille metri di altitudine in meno rispetto ad Asmara che, con i suoi 2350 metri, era una città di montagna!

Il paesaggio cambiò di continuo nei circa novanta chilometri che dividevano le due città: all'inizio tanti boschi di eucalipti e poi, quando la discesa si fece ripida, fu un trionfo di piante grasse.

– Si chiamano euforbie e sono tipiche di questa zona – spiegò Isayas. – Tra un po' vedremo il primo baobab.

Transitarono per un luogo dove i coloni italiani avevano creato un sistema di dighe ancora funzionante, grazie al quale si allevava il bestiame in stalle modello e si coltivavano ortaggi e frutta. Lungo il fiume ammirarono degli splendidi alberi di mango.

– Qualcosa di buono lo abbiamo lasciato – commentò Carlo. – Certo, abbiamo tante cose di cui vergognarci. L'occupazione dell'Africa è una delle pagine più infamanti della storia europea, solo che se ne parla poco.

A Keren non furono loro a raggiungere il mercato, ma il mercato raggiunse loro! Ai margini della città c'era il caravanserraglio più grande che potessero mai immaginare.

Una distesa infinita di capre, pecore, cammelli e asini.

I versi degli animali erano così forti che non riuscirono a parlarsi tra di loro. L'afrore era poi troppo intenso per le loro delicate narici occidentali e presto furono costretti a dirigersi altrove.

Si spostarono così nel mercato coperto, anch'esso smisurato, e attraversarono le vie dei sarti, degli argentieri, degli alimentari. Passarono in fretta per il mercato delle donne, tutto di cosmetici e oggetti per la casa, e raggiunsero il letto del fiume, dove c'erano cammelli e asini carichi di legna e carbone.

– Sono distrutto – ammise Carlo tracannando una bottiglietta d'acqua d'un fiato. – Non c'è un altro posto dove andare?

Michele aprì la guida sull'Eritrea.

– A Keren gli inglesi sferrarono l'attacco decisivo contro gli italiani – lesse. – C'è il cimitero italiano, dove i soldati italiani e i soldati africani sono sepolti fianco a fianco.

– Che aspettiamo! Andiamo a portare un fiore! – approvò Carlo.

Uscendo dal cimitero, Isayas fece un'altra proposta.

– Poco lontano da qui c'è Mariam Dearit... – buttò lì.

Ayub si illuminò.

– La Madonna del Baobab, ma certo! – esclamò con un gran sorriso. – Andiamo, nonno. Per favore, zio Carlo.

– Non scalmanarti, certo che ci andiamo – sorrise l'avvocato. – Dopo un caffè. Perché è così importante questa Madonna?

– Per un miracolo – rispose Isayas. – Che salvò tre italiani.

Nella periferia della città si apriva un viale alberato che Ayub percorse di corsa. Alla fine c'era un baobab maestoso, con dietro una lunga tettoia e una cappella di pietra tenuta benissimo.

– La tettoia serve ai numerosi pellegrini che vengono ogni anno da ogni parte dell'Eritrea – raccontò Isayas a Carlo e Michele. – Non solo i cristiani, anche i musulmani sono devoti a Mariam Dearit.

Michele cercò nella guida e trovò quello che cercava.

– Questo è un santuario mariano sin dal 1881, anno in cui fu costruita la cappella dedicata alla Madonna delle Grazie e celebrata la messa dai monaci cattolici del monastero cistercense di Keren.

Raggiunsero il baobab e alla base videro una nicchia da cui accedere all'interno: Ayub era lì e pregava di fronte a una statua lignea della madonna con la corona d'argento e un lungo velo.

– Non disturbiamolo – sussurrò Carlo a Michele.

I due amici si diressero alla chiesetta e sedettero sull'erba, come due ragazzi. Michele continuò a leggere dalla guida.

– Durante la guerra gli inglesi sferrarono a Keren l'attacco decisivo che decretò la fine dell'avventura coloniale italiana nel Corno d'Africa – cominciò.

– Questo lo sappiamo – sbuffò Carlo. – Ma il miracolo?

– Ci sto arrivando – gli diede un'occhiataccia Michele. – Durante un bombardamento aereo degli inglesi tre soldati italiani si rifugiarono nel ventre cavo del baobab dove c'è la statua. Una bomba però lo colpì in pieno e cadde ai piedi dei tre. Solo che non esplose e i tre militari si salvarono. Da allora il santuario è diventato ancora più famoso e la gente non ha mai smesso di venire. All'interno è ancora visibile il foro provocato dalla bomba inesplosa.

– Ehi, siete qui!

Ayub li raggiunse e si lanciò in mezzo a loro con un tuffo.

– Oh! – protestò Carlo. – Mi rompi le ossa!

Michele invece gli accarezzò la testa.

– Sembri contento. Hai avuto qualche idea? – si informò.

– Sì, nonno. Ora so cosa fare – esultò il ragazzo balzando in piedi. – Però ho fame. Potrei mangiare un cammello.

Carlo protestò.

– No, ti prego. Un altro cammello e mi spunterà la gobba!

L'ospedale profumava di pulito, le suore avevano appena lavato i pavimenti. Soliana sedeva di fronte alla finestra, con la fotografia tra le mani. Quando vide Ayub accennò un mezzo sorriso, ma non si mosse. Per la prima volta anche Carlo entrò con gli altri due.

– Sembra una principessa delle favole – sussurrò a Michele. – Prigioniera di un drago che non le permette di vedere fuori. Doveva essere molto bella. Quanti anni ha?

Il medico gli rispose con voce altrettanto bassa: – Sui quaranta: Ayub mi ha detto che ha avuto Hakim a meno di vent'anni.

I capelli però erano bianchi: dal foulard che le cingeva il capo fuoriuscivano delle ciocche candide.

– Ayub ti ha detto qual è la sua idea? – chiese ancora Carlo.

– No, ma siamo qui – rispose l'amico. – Stiamo a vedere.

Ayub prese una sedia e la mise di fronte a quella della madre. Le parlò in tigrino ma, per qualche strana ragione, Carlo e Michele ebbero l'impressione di capirlo.

– Ti ricordi, mamma, quella sera in cui Hakim ti fece ballare? – cominciò Ayub. – Tu avevi detto che ricordavi una canzone italiana che parlava di un ambasciatore...

Alla parola ambasciatore, Soliana ebbe un fremito, ma ritornò subito immobile. Ayub continuò.

– Io conosco quella canzone, mamma, l'ho cantata davanti a un sacco di gente. Quindi so cosa dice. Che l'ambasciatore è venuto a prendere la più bella per portarla al di là del mare...

Ayub tacque un attimo, poi riprese con voce rotta.

– Sei tu la più bella che devo portare nel castello al di là del mare, mamma. Solo che me lo devi permettere – gridò quasi. – Lo so che doveva essere Hakim l'ambasciatore, però ora ci sono io.

Soliana lo guardò dritto negli occhi e Ayub cantò.

Da un paese lontano lontano
l'ha mandato un ignoto Pascià,
l'ha mandato per prendere quella
che sarà la più buona e più bella.

La più bella la deve portare
nel castello laggiù d'oltremar,
non importa se è bionda o se è bruna
quel re della luna la vuole sposar.

È arrivato l'ambasciatore con la piuma sul cappello
È arrivato l'ambasciatore a cavallo di un cammello.

Ayub continuò a cantare fino a quando Soliana si alzò in piedi e si mise a ballare con lui. Alcune lacrime le scesero dagli occhi.

Liberatorie.

– Le lacrime sono un buon segno – sussurrò Michele scosso.

Quando la canzone finì, Soliana pronunciò le sue prime parole dopo tanto tempo.

– Ayub. Sei tornato.

Poi guardò Michele e Carlo come se li vedesse per la prima volta. L'avvocato avanzò con un sorriso irresistibile.

– Finalmente, signora! Ci ha fatto penare, eh!

Ayub fece cenno a Michele di avvicinarsi e lo prese per mano.

– Lui è nonno Michele, mamma – le spiegò con un sorriso. – Ci porterà in Italia. Dovrò raccontarti tante cose.

Michele sorrise con un po' di imbarazzo e Carlo tossicchiò.

– Le hai detto la cosa più importante? – chiese con una smorfia.

– Quale? – si stupì Ayub.

– Tua sorella – rise Carlo. – Voglio vedere la faccia di tua mamma quando le dirai nella tua lingua incomprensibile che stiamo andando a prendere il topo!

22. Domani è una parola bellissima

La settimana seguente sarebbe iniziata la scuola e loro erano sulla spiaggia di Capo Passero, nell'estremo lembo della Sicilia.

Un gruppetto numeroso, di mattina presto, era partito dalla casa di fronte al mare: nella prima macchina Carlo, Concetta col marito convalescente e Soliana; Ayub, Selam, Andrea e Michele nella seconda macchina. Paola con marito e figli nella terza.

Andavano carichi come se dovessero stare fuori per mesi, invece era solo per una giornata. Ombrelloni, sdraio, borse frigo per le bibite, borse termiche per pizze, cotolette e pasta al forno. E poi asciugamani, biancheria di ricambio, giochi da fare sulla spiaggia.

Soliana scoppiò a ridere quando vide quella montagna di roba.

– Gli europei hanno davvero bisogno di troppe cose per sentirsi a posto – disse ad Ayub che tradusse per Concetta.

Soliana migliorava di giorno in giorno ed era subito andata d'accordo con la domestica di Michele. Le aveva anche insegnato a cucinare lo *zighinì* che l'altra aveva molto apprezzato.

– Questa sì che è sostanza – aveva commentato Concetta soddisfatta. – La faccio a Natale quando viene mia figlia. Che a stare coi *sucassimmula* si è guastata l'appetito!

– Chi sono i *sucassimmula*? – si era incuriosito Ayub che non aveva mai sentito quella parola.

– Letteralmente *succhia semola*: mangiapolenta – aveva sospirato Michele. – Purtroppo i pregiudizi non sono solo tra italiani e stranieri, ma anche tra italiani e italiani...

– Dottore, guardi che pure a me mi chiamavano terrona! – aveva protestato Concetta. – E poi dicevano che non mi capivano. Invece ero io che non capivo la loro parlata con gli *sciù sciù sciù*.

Michele si era arreso. Fiato perso. Carlo invece si divertiva un mondo ad ascoltare il soggiorno di Concetta nel nord d'Italia.

– Ma, Concetta, proprio non ti è piaciuto niente del Settentrione? – l'aveva provocata.

La domestica ci aveva pensato su.

– Sì, una cosa mi è piaciuta – aveva detto seria. – I pizzini.

– I pizzini? – avevano urlato Carlo, Michele e Paola insieme.

I pizzini erano notoriamente i foglietti con i quali comunicavano i mafiosi per scambiarsi messaggi segreti.

Che cosa c'entravano con Como?

– Avete presente al supermercato o alla posta? – aveva spiegato Concetta come se avesse a che fare con degli stupidi. – C'è la macchinetta dei pizzini col numero. Così nessuno fa il furbo.

– Dai Concetta, smettila – aveva sbuffato Paola. – Quelle macchinette ci sono anche qua, da anni!

Concetta non si era scomposta.

– Sì, ma qua i pizzini finiscono subito e se si rompono le macchinette nessuno le aggiusta. Invece al nord funzionano.

– Ci hai convinto! – aveva approvato Carlo. – La cosa migliore del nord sono i pizzini!

A Capo Passero Carlo e il notaio portarono i bambini nel punto che delimitava i due mari. L'avvocato spiegò ai ragazzi che mettendosi in un certo modo, un piede sarebbe stato nel Mediterraneo e l'altro nel Mar Ionio.

Il marito di Concetta sonnecchiava in acqua sul materassino, mentre sua moglie e Soliana passeggiavano sul bagnasciuga.

Sotto l'ombrellone, Michele e Paola si godevano l'ombra.

– Senti papà – ruppe il silenzio la figlia. – Lo sai che odio parlare di queste cose, ma penso che forse dovresti fare testamento.

Michele spalancò gli occhi.

– Perché? Non ho mica intenzione di... – si stupì.

Paola non lo fece finire.

– Certo che no, papà. Però vorrei che intestassi la casa a Selam e Ayub. Così avranno una sicurezza in più. Credo sia giusto così. Io non ne ho bisogno, ho il mio lavoro, e i miei figli avranno già abbastanza dalla famiglia di mio marito...

– Sì, ma ti spetta di diritto – obiettò Michele. – Che direbbe il notaio se ti facessi una cosa simile?

– Veramente è stata una sua idea, papà – ridacchiò Paola. – Ieri hai rimproverato Concetta per i pregiudizi tra italiani e italiani. C'è di peggio. Esistono anche all'interno di una famiglia.

– Che intendi dire? – si rabbuiò Michele.

– Che tu potresti superare i pregiudizi su mio marito – ribatté la figlia con aria innocente. Poi si alzò. – Magari smettendo di chiamarlo *il notaio*. Il suo nome è Francesco, papà. Te lo ricordi?

Carlo aveva appena detto ai bambini che sul lato del Mediterraneo, al di là del mare, c'era l'Africa.

– A volte sembra di intravederla, una linea scura sull'orizzonte – spiegò. – Qui i cellulari spesso si comportano come se fossero in terra straniera e ti mandano l'sms di *Benvenuto in Tunisia*!

A Vanessa venne allora l'idea di salutare chi stava sulla sponda di fronte.

– Ciao Africa!

E tutti gli altri le andarono dietro, gridando a loro volta.

– Ciao Africa! Ciao Africa!

Michele li sentì e ne fu divertito. Poi si allungò sulla sdraio e chiuse gli occhi. Era trascorso un anno, ma sembrava un secolo.

– Abbiamo fatto un bel lavoro, eh Lisa? – sussurrò. – Pensavo di non farcela, invece non è stato troppo difficile.

Dopo che la moglie se n'era andata, Michele si era convinto che il futuro non avrebbe avuto più importanza. Invece adesso non lo spaventava il pensiero di invecchiare.

Nella sua testa risuonò la solita voce per ricordargli un'altra frase nota.

– *Non bisogna avere paura del futuro, marito. Perché domani è una parola bellissima.*

Una carezza gli sfiorò il viso, lieve ma reale. Michele non aprì gli occhi, per timore di rimanere deluso nel non vederla.

Rimase in silenzio, ascoltando il respiro del mare, fino a quando i bambini lo raggiunsero tutti insieme.

– Nonno, hai sentito? Abbiamo salutato l'Africa – gli toccò un braccio Vanessa. Lei e Selam erano diventate inseparabili.

Michele aprì gli occhi.

– Sì vi ho sentiti, avete fatto bene.

– Ti sei messo la crema solare, nonno? – gli chiese quindi Ayub.

– No, sai che non mi piace – si stupì il medico. – Perché?

– Perché c'è un buon profumo qui – rispose il ragazzo.

– Sì nonno – confermò Rafael. – È un profumo di fiori.

Michele sorrise, ma scosse la testa perplesso.

Andrea però gli tolse ogni dubbio.

– È vero – dichiarò. – È buonissimo.

Da una borsa Ayub prese il pallone.

– Sì, di fiori – aggiunse buttandosi in acqua. – Come di rose e gelsomini.

Il pallone volò tra le onde, i bambini lo inseguirono correndo e gli spruzzi d'acqua punteggiarono la sabbia di piccole stelle d'oro.

Era una splendida giornata di fine estate.

Ringraziamenti

Tante le persone da ringraziare: Daniela, Donatella, Fernanda, Fulvia, Giovanni, Giuliana, Nice, Ugo, i gatti e il cane Pablo.

Ho scritto questa storia dopo aver letto una poesia su internet, segnalata dall'Azione Cattolica di Agrigento. L'ha scritta Merhawi, un giovane eritreo, e si intitola *Signore Buon Pastore*.

Anche se non lo conosco, è a Merhawi che dedico questo libro.

Signore, seppur un peccatore,
tu ti sei preso cura di me...
nel mio giorno più buio,
hai fatto risplendere il Sole,
mi sei stato sempre accanto
e guidato in ogni momento.
Non mi hai fatto annegare in mare,
non mi hai fatto scoraggiare
nel caldo deserto del Sahara,
dove pensavo di non avere più speranze di salvarmi,
di vivere.
In quel momento ti invocavo e mi rispondevi,
la tua risposta mi dava forza.
Quando le mie ginocchia si piegavano per la fatica,
la mia bocca non aveva più saliva, sentivo la tua voce
che mi tirava su... ritornava la speranza ed il sorriso.
Tu sei la mia salvezza e io non metto in dubbio la tua
voce della speranza,
tu sei Vita, l'Amore, la Vera Strada!
Tu sei stato la mia speranza nel passato,
lo sei nel presente e lo sarai nel futuro!
Amen, Alleluia

Finito di stampare nel mese di febbraio 2015
da Grafiche Turato, Rubano (Pd)
per conto di Casa Editrice Mammeonline